KB068378

Breakthrough

How One Teen Innovator Is Changing the World

세 상 을 바 꾼 십 대 , **잭 안드라카 이야기**

잭 안드라카 · 매슈 리시아크 지음
이영아 옮김

알에이치코리아

일러두기

✳ 일부 등장인물의 이름과 이력은 개인정보 보호를 위해 변경하였습니다.

✳ 이 책에 소개된 몇 가지 실험은 너무 어린 아이들이 수행하거나, 정확한 과정을 따르지 않을 경우 위험할 수 있습니다. 반드시 부모님의 감독 아래 실험을 수행하길 권장합니다. 저자와 출판사는 이 책에 소개된 실험의 잘못된 수행으로 인한 부상과 손해에 대해 책임을 지지 않습니다.

✳ 본문의 각주는 옮긴이와 편집자가 독자의 이해를 돕기 위해 작성하였습니다.

✳ 가독성을 위해 일부 단어는 붙여쓰기하였습니다.

아빠, 엄마, 형 그리고 아낌없이 애정과 격려를 보내 준
사람들에게 이 책을 바칩니다.

맞은편 소파에 앉은 부모님의 표정이 썩 밝지 않았다.

"잭, 좀 황당무계한 생각 아니냐?"

아버지는 걱정스러운 일이 있을 때마다 늘 그렇듯 눈썹을 치켜세운 채 턱을 어루만지고 계셨다. 아버지 옆에 앉은 어머니는 가슴 위로 팔짱을 낀 채 내 얼굴을 유심히 살피고 계셨다.

얼마 전 상담 선생님의 전화를 받은 후 부모님은 나에 대한 생각을 재고할 수밖에 없었다. 상담 선생님들은 화장실에서 자살을 시도한 학생의 부모에게 연락을 하는 모양이었다.

"네가 상처받을까 봐 걱정돼서 그래, 잭." 어머니의 말씀이었다.

'내가 부담감을 못 이겨 낼 거라는 소리구나.'

"그만큼 했으면 됐어. 이젠 그만둘 때도 됐잖니. 아니면 다른 목표를 세우든가." 어머니는 이렇게 덧붙이셨다.

'다른 목표? 포기하라고?' 나는 많은 시간을 쏟아부었고, 정말 힘들게 싸웠다. 그리고 이제 고지가, 고지가 바로 눈앞에 있는데……

부모님은 분명 이런 상황을 불편해하고 계셨다. 두 분의 눈과 자세를 보면 알 수 있었다. 내게 현실을 일깨워 주어야 한다는 의무감을 느끼시는 것이 분명했다.

그러나 나에겐 두 분의 말씀이 제대로 귀에 들어오지 않았다.

나는 넋이 나간 상태로 앉아 있었다. 부모님이 이어서 어떤 말씀을 하실지 빤히 보였다. 이미 나 역시 수천 번도 넘게 스스로에게 물었던 말을 하시겠지.

'내가 뭐라고 그런 일을 할 수 있겠어? 박사 학위까지 있는 전문가들보다 내가 더 똑똑하겠어? 내 아이디어가 정말 결실을 볼 수 있을까?'

"네 아이디어가 아무리 좋다 한들 실제 실험실에서 시험해 보지 못하면 무슨 소용이겠니, 잭."

정신이 점점 아득해졌다. 자료를 찾느라 마지막으로 잠을 제대로 잔 날이 언제였는지 기억조차 나지 않았다. 몇 달 동안 오로지 아드레날린에만 의지해 버티고 있었다. 그 효력이 떨어지고 있는 건가?

"네가 정말 췌장암을 발견하는 새로운 방법을 찾은 게 맞다면, 그 수많은 박사들 중에 누군가는 너한테 기회를 주지 않았겠어?"

부모님의 말씀에도 일리는 있었다. 지금까지 거의 200명의 과학자들에게 메일을 보냈지만 대부분 내 연구 제안을 거절했고, 몇 명은 아직 답을 주지 않았다.

그렇지만 나는 확신했다. 이건 틀림없는 일이었다. 내가 개발 중인 진단법은 가느다란 종잇조각에 피 한 방울을 떨어뜨리는 것만으로도 췌장암에 걸렸는지 아닌지를 알 수 있게 할 것이다. 그리고 정말 내 생각이 옳다면, 나는 수백만 명의 생명을 구할지도 모를, 획기적인 췌장암 초기 진단법을 만들어 내기 직전에 있었다. 하지만 직접 시험해 보지 못한다면 모두 소용없는 얘기였다.

부모님은 내가 이 연구를 하기 위해서는 당신들의 도움이 꼭 필요하다는 걸 알고 계셨다. 나 혼자 무슨 수로 연구 자금과 필요한 물품을 구한단 말인가? 열네 살의 내가 자동차를 몰고 다닐 수도 없었다. 부모님은 서로 눈길을 주고받으셨다. 드디어 결정을 내릴 준비가 된 것이다.

"좋아." 마침내 어머니가 입을 여셨다. "일단 두고 보자."

확실한 허락은 아니었지만, 그 정도로도 충분했다.

얼마 전 내 정신적 지주였던 테드 삼촌이 돌아가셨다. 그리고 난 수년 동안 아이들에게 괴롭힘을 당하며 우울한 시간을 보냈다. 내게 남은 희망은 이제 이 연구를 성공시키는 것뿐이었다. 포기할 순 없었다. 고지가 눈앞에 있는 지금은 더더욱.

내 검사법은 분명히 효과가 있다. 그리고 나는 그 가치를 세상 사람들에게 증명해 보이기만 하면 된다. 기회만 찾아오면 된다.

차례

보낸 사람 XXXX

받는 사람 잭 안드라카

날짜 2011년 4월 22일

제목 췌장암 RIP1의 항원 및 항체 생산

안드라카 씨에게

귀하가 첨부 문서로 제안해 주신 센서는 의도된 기능을 수행하지 못할 것이라는 사실을 알려 드리게 되어 유감입니다. 탄소 나노튜브 트랜지스터는 생산하는 데 엄청난 양의 자원이 들기 때문에 최종 제품은 그 가격이 매우 비쌀 것이고, 지나치게 섬세할 것이며, 민감도와 선택도가 낮을 것입니다. 다른 접근법을 시도해 보시기 바랍니다.

XXXX 드림

01 *Breakthrough*
How One Teen Innovator Is Changing the World

나의
어린 시절

경쟁자 루크 형과
소울메이트 테드 삼촌

나는 메릴랜드 주 교외에서 태어났다. 우리 집은 겉으로 보기엔 동네의 다른 집들과 별로 다를 것이 없었지만, 집 안에서는 창의적인 에너지가 흘러넘치고 있었다. 부모님은 인생이란 거대한 퍼즐과도 같다고 믿으셨고, 그 가르침을 받고 자란 우리는 늘 무한한 수수께끼를 발견하는 일을 즐겼다.

세 번째 생일에는 180센티미터 정도 길이에 물까지 흐르는 플라스틱 모형 강을 부모님에게 선물로 받았다. 토목 기사인 아버지는 그 모형이 재미있을 뿐만 아니라 교육적이라고 생각하셨다. 나는 내 작은 강에 스티로폼 조각 같은 것들을 떨어뜨리며 놀았다. 서로 다른 크기의 돌을 던져 물의 흐름이 변하는 모습을 홀린 듯 지켜보기도 했다. 그렇게 시작한 내 생애 첫 과학 실험들은 대성공이었다. 바나나 껍질은 물에 가라앉는다는 사실도 그때 알았다.

어릴 적 차로 이동하는 동안에도 어머니는 루크 형과 나에게 치열한 두뇌 싸움을 붙여 지루할 틈이 없게 하셨다. 대개 이 놀이는 어머니가 단순한 질문 하나를 툭 던지면서 시작되었다.

"만약 해가 사라지면 어떻게 될까? 시작!"

게임 시작이다. 뒷좌석에서 형과 나는 정답 맞히기 경쟁을 벌였다.

"지구가 궤도를 벗어나 버린다!" 형이 소리쳤다.

"정말 추워진다." 내가 덧붙였다.

내 머리의 회전 속도도 빨랐지만, 형의 머리는 훨씬 더 빨리 돌아갔다.

"태양이 사라져도 8분 동안은 우리가 알 수 없어. 빛이 이동하는 시간이 있으니까."

형은 아주 똑똑했고, 자기도 그 사실을 알았다. 잘난 척은!

"아니야." 나는 이의를 제기했다.

"한번 찾아보든가." 형은 무척 만족한 표정으로 차분하게 말했다.

우리 둘 다 형의 말이 옳다는 걸 알고 있었다. 짜증스럽게도 형은 틀리는 법이 없었다.

어떤 질문에 대해 생각하느라 우리가 완전히 녹초가 된 것 같으면 혹은 내가 싫증이 나서 짜증을 부릴 낌새가 보이면 어머니는 우리의 말을 중간에 끊고 불쑥 다른 질문으로 넘어가 버리셨다.

"숫자들이 일직선으로 쭉 서 있고, 그 위에서 개구리 한 마리가 폴짝폴짝 뛰고 있어. 그런데 그 개구리는 항상 똑같은 보폭만큼 뛰어. 그 간격은 너희한테 말해 줄 수 없어. 어떤 숫자들을 공략해야 그 개구리를 잡을 수 있을까? 시작!"

형과 나는 서로 다른 배열의 숫자들을 뱉었다.

"0, 3, 7!" 형이 외쳤다.

"1, 4, 9!" 나도 끼어들었다.

누가 정답을 맞혔는지는 어머니의 칭찬을 통해 알 수 있었다. 대개 어머니는 "잘했어, 루크"라고 칭찬해 주셨고, 그러면 나는 과장되게 큰 한숨을 푹 내쉬었다.

난 언제나 형처럼 되고 싶었다. 형은 마음만 먹으면 무슨 일이든 해내는 것 같았다. 특히 컴퓨터, 비디오 게임, 수학, 공작에 아주 뛰어났다. 어렸을 때부터 형은 작은 필립스 드라이버를 들고 집 안을 돌아다니면서 물건들을 분해했다가 다시 조립하곤 했다. 가끔은 집 밖으로 사라졌다가 몇 시간 후 쓰레기통에 버려진 고장 난 라디오를 들고 돌아올 때도 있었다.

대부분의 아이들이 만화영화를 보는 토요일 아침마다 형은 구석에 처박혀 마치 미치광이 과학자처럼 무언가를 하고 있었다. 내가 아장아장 걸어가서 뭘 하고 있는지 볼라치면 형은 마치 쥐한 마리를 잡은 뒤 그 소중한 먹이를 뺏기지 않으려고 기를 쓰는 심술궂은 고양이 같은 표정으로 나를 쏘아보았다. 형이 방해받기 싫어하는 걸 알았기 때문에 나는 조금 떨어져서 구경했다. 만화영화를 보는 것보다 형의 작업을 지켜보는 것이 더 재미있었다.

나는 초등학교에 입학하기 전 형에게 장기를 배웠다. 승부욕이 아주 강했던 나는 어떻게든 형을 이기고 싶었다. 형과 대결하면서 이런저런 전략을 구사하고 내 눈싸움 실력을 시험할 기회도 얻었다. 내 눈빛이 형의 두개골을 뚫고 들어가 뇌가 돌아가는 것을 막을 수만 있다면 승리를 거둘 수도 있을 거라는 공상에 빠졌다. 나는 말을 옮긴 다음 형을 노려보고 형을 노려본 다음 말을 옮겨 봤지만, 아무리 죽일 듯이 쩨려보아도 늘 지기만 했다. 지고 나면 형을 조금 더 쏘아보았다. 그러면 형은 그저 웃으면서 내 어깨를 툭 쳤다.

"다음 기회를 노려 봐."

형은 이렇게 말했지만, 우리 둘 다 그 말이 진심이 아니라는 걸 알았다. 형의 유쾌한 태도에 나는 더 화를 냈지만, 형은 별로 신경 쓰지 않는 것 같았다. 그저 또 다른 지적 탐구를 떠날 뿐이었다.

비가 내리는 날이면 형과 나는 컴퓨터 쟁탈전을 벌였다. 큼직한 데스크톱컴퓨터였는데, 내가 두드리는 키보드의 글자나 숫자가 앞의 화면에 나타나는 모습을 지켜보는 것이 재미있었다. 3학년 때쯤엔 그림을 그리거나 이야기를 입력할 수 있는 프로그램들을 열 수 있게 되었다. 내가 브라우저를 여닫는 것에 숙달되고 나서 얼마 지나지 않아 테드 삼촌이 인터넷의 위력을 내게 처음으로 일깨워 주셨다.

"과학기술을 잘 이용하도록 해." 삼촌은 늘 이렇게 말씀하셨다. "머리를 더 잘 쓰게 될 거야."

삼촌의 말씀이 옳았다. 정말 그랬다. 그 기계 안에 그토록 많은 정보가 들어 있을 줄이야. 여덟 살의 나는 키만 제대로 누르면 우주의 모든 지식을 발견할 수 있을 것만 같았다. 테드 삼촌과 나는 마음이 잘 통했다. 사실 내 친삼촌은 아니었지만, 우리 가족이나 다름없는 분이었다.

여름날 아침이면 삼촌이 나를 차에 태워 게잡이에 데려가 주곤 했다. 그 전날 밤은 마치 크리스마스이브 같았다. 나는 옷들을 다 꺼내 화장대에 올려놓고 자명종을 약속 시간보다 한 시간이나 빨리 맞춰 놓고는 제대로 맞췄는지 확인하고 또 확인하고 나서야 침대로 기어들었다. 하지만 아무리 빠른 시간으로 맞춰 놔도 항상 자명종이 울리기 전에 깨어났다. 얼른 옷을 입고 창밖을 내다보며, 테드 삼촌이 몰고 다니는 파란 고물차의 전조등이 차도로 들어오기만을 기다렸다. 마침내 삼촌이 도착하면 나는 펄쩍 뛰어 조수석에 올라탔다. 테드 삼촌은 머리칼이 차 천장에 닿을락 말락 할 만큼 체격이 크고 다부진 남자였다. 삼촌은 씩 웃으며 물으셨다.

"잘 잤어, 잭? 출발할까?"

"네!"

삼촌의 배까지 달려가는 한 시간 동안 게를 최대한 많이 잡을 수 있는 가장 효과적인 방법을 의논하다 보면 해가 체서피크 만 위로 떠오르기 시작할 때쯤 목적지에 도착했다.

삼촌이 만에서 적당한 장소를 발견하면 우리는 개집만 한 중간 크기의 통발에 닭 목살을 미끼로 달아 물속으로 떨어뜨렸다. 그다음 몇 시간 동안은 자유롭게 배를 몰고 돌아다니며 온갖 이야기를 나누었다. 특히 미래에 대해.

"커서 무슨 일을 할지 결정했어?"

"의사가 될 거예요."

"왜?"

"아픈 사람들을 도와주고 싶어서요." 나는 거만하게 말했다. 그러자 삼촌은 소리 없이 빙긋 웃으셨다.

시간이 꽤 흘러 게들이 우리 통발 속에 기어들었겠다 싶으면 삼촌은 첫 번째 통발을 떨어뜨린 곳으로 배를 돌렸다. 나는 삼촌을 도와 통발을 끌어 올렸다. 통발은 게들이 넘칠 정도로 가득 들어차 있어 묵직했다. 가끔은 자유를 찾아 꿈틀꿈틀 기어 나온 새끼 게가 배 갑판을 후다닥 가로지를 때도 있었다. 그런 게들을 뒤쫓는 것이 나의 임무였다. 다행히도 나는 게보다 더 날쌨다. 아주 작은 녀석들은 물속으로 다시 던졌다. 그러면 녀석들은 수면과 부딪치며 퐁당 소리를 내고는 파도 속으로 사라져 버렸다.

온종일 힘들게 게를 잡은 뒤 집으로 돌아갈 땐 그렇게 기분이 좋을 수가 없었다. 집에 도착하면 테드 삼촌은 게를 찌고 나는 마당의 테이블에 신문을 깔았다. 그리고 저녁에 두 가족이 함께 모여 이야기를 나누며 게를 먹었다. 우리는 나무망치와 작은 포크를 사용하여 연한 게살을 파냈고, 그러다 보면 어느덧 테이블에는 게딱지들이 지저분하게 널리고 해물찜 냄새가 진동을 했다.

아이들 테이블에 앉아 있는 내게까지 테드 삼촌의 화통한 웃음소리가 들려왔다. 어른들이 무슨 얘기를 하고 있는지 정확히 들리지 않는데도 그 웃음은 전염성이 있었다. 배가 부르고 노곤해지면 나는 창밖의 귀뚜라미 울음소리를 들으며 행복감에 젖어 잠이 들었다.

내가 가장 잘할 수 있는 일을 찾아서

내가 초등학교에 다닐 땐 어머니가 집에 안 계시는 날이 많았다. 우리가 살고 있는 메릴랜드 주 크라운스빌은 주도인 아나폴리스의 외곽이고 워싱턴에서 북쪽으로 한 시간 정도 거리에 있지만, 엄마의 직장은 집과 가깝지 않았다. 토요일마다 우리 가족은 스테이션왜건에 우르르 올라타고 엄마를 공항까지 배웅했다. 엄마는 오하이오 주 클리블랜드에서 마취 전문 간호사로 일하셨다.

사람들을 재우는 엄마의 직업은 내 흥미를 끌기에 충분했다. 실제 수술하는 모습을 보고 싶어 인터넷에서 영상들을 찾아 몇 시간이고 보곤 했다. 형이 라디오를 분해하는 것을 지켜보는 것보다 의사들이 사람의 몸을 여는 모습을 보는 것이 훨씬 더 재미있었다. 역겹다는 생각은 전혀 들지 않았다.

그러던 어느 날, 마침내 엄마가 나와 형에게 클리블랜드에 함께 가자고 제안했다. 하지만 병원 견학 때문은 아니었다. 엄마는 우리를 어떤 농장에 내려 주면서 앞으로 일주일 동안 그곳에서 지내라고 하셨다. 이렇게 황당할 수가!

"원래 어린애들은 농장을 좋아해." 엄마는 손을 흔들어 작별 인사를 하며 말씀하셨다. "아주 재미있을 거야!"

하지만 끔찍이도 재미없었다. 형과 나는 열두 시간이나 삽으로 소똥을 푸면서 얼어 죽거나 2미터 가까이 쌓인 눈 속에 파묻히지 않도록 조심해야 했다. 크라운스빌이 이리도 그리울 줄이야. 하지만 적어도 농사가 내 적성에 맞지 않는다는 사실은 알게 되었다.

그다음 해에 엄마가 워싱턴에 일자리를 구했을 때 나는 아주 기뻤다. 통근 거리가 짧아져 엄마와 함께 보내는 시간이 더 많아졌기 때문만은 아니었다. 엄마의 직장까지 비행기를 타고 가지 않아도 되니 곧 수술을 직접 볼 수 있는 기회가 생길 것 같았다.

2학년 때 드디어 대망의 날이 찾아왔다. 나는 녹색 수술복을 차려입고 특수 비누로 손을 씻었다. 간단한 수술이었다. 의사가 누군가의 발에서 어떤 덩어리를 제거하고 있었다. 수술 과정에서 엄마의 역할은 처음에만 중요한 것처럼 보였다. 엄마는 그냥 서서 수면제 기계를 지켜보기만 했고, 그 일은 별로 흥미롭지 않았다. 내 마음을 사로잡은 것은 수술대를 둘러싼 의사들의 기술과 정밀함이었다. 나는 처음부터 끝까지 꼼짝 않고 지켜보았다. 칼로 환자의 발을 베어 들어가는 의사들의 모습이 아주 침착해 보였다.

인터넷 검색을 통해 수술 과정을 알면 알수록 엄마의 직업에는 반할 만한 구석이 아주 많았다. 나는 발까지 덮인 잠옷을 입고 책상다리를 한 채 엄마에게 마취에 관한 이야기를 듣곤 했다. 옛날이야기보다 더 재미있었다. 엄마는 마취의 여러 요소들이 인체와 결합하면 사람들이 깊은 수면에 빠져 의사들이 칼로 내장을 잘라도 느끼지 못하게 된다고 설명해 주셨다. 나로서는 이해하기가 어려웠다. 칼로 내장을 자르는 것도 못 느끼다니! 엄마의 이야기는 놀랍고 감탄스러웠다. 나는 끊임없이 질문을 던졌다.

엄마가 병원에서 만난 사람들에 관한 이야기도 흥미로웠다. 그 중에서도 가슴 통증으로 병원에 실려 온, 몸집이 아주아주 큰 여자의 일화가 가장 재미있었다. 의사들은 그녀에게 수술이 필요하다고 판단했고, 모든 것이 예상대로 흘러가고 있었다. 그런데 수술이 끝나고 여자가 깨어난 순간 일이 터지고 말았다. 의료진은 그녀가 어떤 이유에서인지 군살 밑으로 손을 깊숙이 찔러 넣고 있는 것을 보았다. 몇 초 후 다시 나타난 그녀의 손에는 과자 하나가 쥐여 있었다. 그녀가 과자를 입속으로 집어넣자 기겁한 의료진은 모두 하던 일을 멈추고 놀란 표정으로 서로를 바라보았다. 나중에 밝혀진 사실에 따르면, 그녀는 남편과 몸의 이런저런 부위에 과자를 숨기는 게임을 즐겼다고 한다. 그녀가 놀란 의사들에게 한 해명은 아주 단순했다.

"수술이 끝나고 깨어나 보니 배가 고팠어요. 그래서 과자를 먹었죠. 왜요, 뭐가 잘못됐나요?"

머지않아 엄마는 아이들에게 다양한 활동을 경험시켜 주고 그 중 마음에 드는 것을 선택할 수 있도록 해 줘야 한다는 당신의 핵심적인 자녀 교육 철학을 실천에 옮기기 시작하셨다.

"네가 정말 좋아서 할 수 있는 일을 찾아야 해, 잭." 엄마가 즐겨 하시던 말씀이다. 이 말씀을 따르다 보니 우리 형제는 수많은 경험과 실패를 겪었다.

그 시작으로 부모님은 형에게 피아노를 사 주고, 예술 학교 출신의 러시아인 여자에게 개인 레슨을 받게 했다. 나도 피아노 연주를 한번 시도해 보기로 마음먹었다. 완벽한 형이 잘하지 못하는 게 있다는 사실이 기분 좋았기 때문에, 형이 피아노를 싫어할수록 나는 점점 더 피아노가 좋아졌다. 무엇보다 내가 형보다 잘하는 게 있다는 사실이 제일 좋았다. 그래서 형이 피아노를 관두겠다고 선언하는 순간 나는 형 대신 내가 배우겠다고 나섰다.

처음엔 좋았다. 얼마나 연습을 많이 했는지 예술 학교 출신의 그 러시아 신 생님은 만족하지 못했지만 연주회에서 자기 자식을 자랑스럽게 생각하는 수많은 부모들로부터 정중한 박수를 받고도 넘칠 정도였다. 하지만 얼마 후, 내가 형보다 더 잘하는 것이 있음을 증명해 보인 후로는 피아노 연주에 대한 열정이 사그라들었다.

그다음으로 엄마는 내게 운동을 시키려 했는데, 그것은 엄마의 큰 실수였다. 야구를 해 봤지만, 공을 치거나 받는 것보다는 우익

낸터할라
강에서
카약 타기

수 자리에서 공상에 잠기거나 꽃목걸이를 만드는 게 훨씬 더 재미있어서 그만둬 버렸다. 엄마가 '평생 스포츠'라고 애정을 담아 부르시던 테니스는 훨씬 더 심각했다. 테니스장은 타는 듯이 더웠고, 이미 몇 년 전부터 배워 온 다른 아이들은 실력이 나보다 월등했다. 테니스장 바닥은 모래나 딱딱한 흙이어서 목걸이를 만들 꽃도 없었다. 얼굴에 테니스공을 맞는 횟수만큼 득점할 수 있다면 난 아마 윔블던 대회의 유력한 우승 후보까지 될 수 있었을 것이다.

엄마의 또 다른 추천 종목이었던 라크로스는 테니스만큼이나 내게 맞지 않았다. 엄마는 라크로스가 좋은 선택이라고 생각하셨는데, 형이 쓰던 장비를 내가 물려받을 수 있다는 이유가 컸다. 나

29

는 라크로스 캠프에서 툭하면 채를 잘못 휘둘러 코치들에게 상처를 입히거나 넘어졌다.

내 마음에 드는 유일한 스포츠는 카약 타기와 급류 래프팅이었다. 난 원래 물을 좋아했다. 부모님이 강에서 만나셨다 하니 어쩌면 유전적으로 물려받은 기질인지도 모르겠다. 주말이 되면 우리 가족은 펜실베이니아 주나 웨스트버지니아 주로 자주 놀러 갔고, 부모님은 우리를 내려놓고 치트 강이나 야커게이니 강, 골리 강에서 카약 타기를 즐기셨다. 그러고 나서 덜 험한 구역으로 이동해 우리도 래프팅을 할 수 있게 해 주셨다.

나는 카약을 탈 때 엄청난 쾌감을 느꼈다. 내가 특히 좋아하는 치트 협곡에는 3급 이상 되는, 심지어는 전문가나 타는 4~5급 정도의 급류들이 스무 군데 넘게 있다. 부모님은 나를 쉬운 구간으로 데려가셨다. 나는 진한 오렌지색 카약을 타고 자연의 장애물들 사이를 헤치며 나아가는 액션피겨가 된 듯한 기분이 들었다. 강은 그 자체로 살아 숨 쉬는 유기체여서 감정 기복이 심했다. 부드럽고 차분해 보이다가도 갑자기 나를 위로 들어 올렸다가 이파리처럼 내던져 버렸고, 그러면 나는 빙빙 돌며 또 다른 방향으로 빠져 버렸다. 그때마다 눈으로 강줄기를 쭉 훑으며, 물살이 얼마나 센지 어림하고 최선의 경로를 찾으려 애썼다.

가끔 강의 수위가 너무 높으면 나는 우리가 키우는 골든레트리버 케이시와 함께 강둑을 걸었다. 그러다 잠시 멈춰 나뭇가지

돌로 댐을 만들고 있는 나

들을 우리 가족이라 상상하고 급류에 띄워 내려보내곤 했는데, 그 결과를 들려주면 부모님은 기겁을 하셨다.

"저기 엄마가 위험한 폭포 쪽으로 가고 있어요!" 내가 말했다.

"아빠는?" 엄마가 물었다.

"아, 아빠는 안전해요. 바위 옆에 소용돌이를 만들었으니까 5급 급류를 탈 거예요."

수년이 지난 지금도 엄마는 분해하신다. 비극적인 결말을 맞는 사람은 항상 엄마였기 때문이다.

우리가 자주 묵었던 야영지 바로 위쪽에 커다란 수중보*가 있었다. 수중보는 익사 기계라고도 불린다. 물이 보에 부딪힐 때 생

* 하천이나 강의 수위를 일정하게 하기 위해 물길을 막아 설치하는 보.

기는 소용돌이의 힘이 사람들을 붙들어 두고 놔주지 않기 때문이다. 나는 그곳에서 산책하기를 좋아했고, 강물 속에서 잔가지와 돌들로 온갖 드라마를 만들어 냈다. 이번에도 엄마는 잔인한 운명을 맞았다. 그러게, 나한테 억지로 테니스를 시키지 말았어야죠! 강물이 수중보에 부딪히면서 거대한 세탁기처럼 소용돌이치는 현상에 이토록 집착하는 초등학생은 내가 아는 한 나밖에 없었다.

수학과 과학이
제일 재밌어!

오래지 않아 나는 또 다른 대상에 푹 빠졌다. 이번엔 수학이었다. 미묘한 배열을 찾고 문제를 풀 때마다 가슴이 설레었다. 재미있기도 하고, 잘하기도 했다. 안타깝게도 내가 다니던 초등학교는 수학을 그리 중시하지 않았다. 5학년이 돼서까지 시계 보는 법이나 배우고 있다니! 그래서 학교보다는 집에서 수학을 더 많이 공부했다. 내가 도전 의식을 잃지 않도록 엄마가 재미있는 수학 문제지들을 집으로 가져오기도 하셨지만, 숫자를 새로운 시각으로 볼 수 있도록 이끌어 준 사람은 테드 삼촌이었다. 내가 풀리지 않는 문제 앞에서 쩔쩔매고 있으면 삼촌은 연필을 집어 들고 나를 도와주셨다.

"왜 그래?" 삼촌이 물으셨다.

"하나도 모르겠어요."

그때마다 삼촌의 머리는 마치 모든 것을 이해하기 쉬운 배열로 조합해 내는 아름다운 기계 같았다. 삼촌은 시각화 기법을 사용하여 수학 문제들이 종이에서 튀어나와 살아 움직이게 만드셨다.

"자, 잘 봐. 작은 마술을 보여 줄 테니까. 숫자 일곱 개를 말해 봐. 아무 숫자나. 어떤 숫자든 상관없어."

나는 제일 처음 떠오르는 숫자 일곱 개를 거침없이 불렀다. 그러자 삼촌은 연필로 거칠게 휘갈겨 쓰기 시작했다. 그러고는 10초도 지나지 않아 여섯 자리 숫자를 9로 나누었다. 내 눈을 믿을 수가 없었다. 말도 안 되는 일이었다.

"아닐 거예요!" 내가 말했다.

"확인해 봐."

나는 계산기를 두드려 보았다.

"맞아요." 믿을 수가 없었다. "어떻게……."

삼촌은 빙긋 웃으며 나를 내려다보셨다. 네게 알려 줄 비밀이 있단다, 하고 말하는 듯한 미소였다.

"어떻게 하는지 보여 줄게."

테드 삼촌은 주로 머릿속으로 계산하는 과정을 차례차례 알려 주셨다. 나는 그런 방법이 있는 줄도 몰랐다. 엄청나게 빠른 그 나눗셈 비결은 내 머릿속에 단단히 박혔다. 내가 처음으로 경험한 암산이기도 했다. 삼촌은 수학적 지름길을 가르쳐 주셨다. 나는 어림과 곱셈, 나눗셈처럼 암기된 수학적 사실을 이용함으로써 문제를 더 빨리 푸는 법을 배웠다.

그때부터 나는 내가 하는 모든 일에서 규칙성을 발견하기 시작했다. 이제는 수학을 교육적이거나 막연히 공부와 관계있는 것으로 생각하지 않았다. 내게 수학은 우주의 수수께끼를 푸는 작업이었다. 언젠가는 밤늦도록 이불을 뒤집어쓰고 손전등을 켠 채 수학을 공부하기도 했다. 새롭게 발견한 수학에 대한 열정이 점점 더 커지면서, 나는 내가 즐길 수 있고 선천적으로 뛰어난 다른 무언가가 있다는 걸 알았다. 바로 과학이었다.

그전부터 나는 실험을 좋아했다. 달걀을 깨트리지 않고 책 몇 권을 올릴 수 있는지 알아내기, 혹은 소금을 이용하여 물의 끓는 점 바꾸기처럼 기본적인 실험부터 시작했다. 5학년에 올라갈 때쯤 내 실험은 그 자체로 생명력을 띠기 시작했다. 어느 날 나는 치명적인 감염을 유발할 수도 있는 박테리아 대장균을 그저 재미로 부엌 스토브 위에 배양해 보기로 했다. 부엌에서 과학 실험을 한 것은 그때가 마지막이었다. 그날부터 부모님은 우리 형제에게 지하실을 실험실로 사용하게 하셨다.

루크 형이 어둑한 지하실 한쪽 구석에서 진지한 실험에 몰두하는 동안, 나는 다른 구석에서 내 실험을 했다. 형이 뭘 하고 있는지 항상 알지는 못했지만, 무서운 실험이라는 건 알았다. 가끔은 아주 무서웠다.

형과 나는 포기라는 걸 몰랐다. 어느 날 형은 누군가의 쓰레기통에서 발견한 낡은 전자레인지를 분해해 물건들을 구워 버릴 수 있는 광선총을 만들기 시작했다. 나는 형이 하고 있는 일에 너무 겁먹지 않으려고 애쓰며 그 반대편에서 작은 스펀지처럼 전기를 재빠르게 빨아들이는 축전기들을 시험했다. 알루미늄박으로 플라스마를 만들어 내기 위해 몇몇 입자를 과급하면 어떤 일이 벌어지는지 보고 싶었다. 그런데 갑자기 지하실이 깜깜해졌다.

"퓨즈가 나갔나 봐." 형이 말했다.

우리도 모르게 지나치게 많은 에너지를 사용하고 있었던 것이다. 부모님이 집에 안 계셨기 때문에 형이 두꺼비집을 확인하러 갔다. 몇 분 후 문 두드리는 소리가 들렸다. 전력 회사 사람이었다. 알고 보니 우리가 동네 전체의 전력을 작살낸 것이었다!

"뭔가 이상한 낌새 없었어?" 전력 회사 직원이 미심쩍은 듯 집 안을 둘러보며 물었다. 형과 나는 초조하게 시선을 주고 받았다.

"없었는데요." 나는 중얼거렸다.

'평소와 다를 바도 없었는데 뭘.' 나는 거짓말을 정당화하기 위해 속으로 중얼거렸다. 적어도 우리 집에서는 다른 날과 다름없는 오후였다.

그날 저녁 부모님이 직장에서 돌아오시자 우리는 사실을 털어놓았다. 예상과 달리 엄마와 아빠는 화를 내고 외출 금지령을 내리는 대신, 깜짝 놀라면서도 즐거운 듯한 표정으로 우리에게 집을 날려 버리지 않도록 조심하라고 부탁하셨다. 그리고 덧붙여 말씀하셨다.

"무슨 일이 일어났는지는 얘기하지 마. 절대!"

그 뒤로도 부모님은 종종 난처한 입장에 처하시곤 했다. 미안해요, 엄마, 아빠! 그래도 부모님은 누가 다치는 불상사만 피한다면 나와 형이 실험을 하면서 스스로 배워 나가야 한다고 생각하셨다. 그러한 믿음에는 효과가 있었다. 나는 아주 독특한 방식으로 성장하고 있었다. 부모님도 그걸 눈치채셨다.

내가 학교 수업에 도통 흥미를 느끼지 못한다는 걸 눈치챈 엄마는 내가 나만의 속도로 발전할 수 있도록 수학과 과학을 전문적으로 가르치는 근처의 차터 스쿨*을 찾아 주셨다.

새로운 시작
그리고 여자 친구

차터 스쿨은 기존에 다니던 학교와 천지 차이였다. 6학년이 시

---

*   지방 자치 단체나 국가의 특별 인가를 받아 공적 자금으로 운영되는 독립학교.

작되었을 때 나는 새 학교의 특별한 점을 발견했다. 학생들 간의 경쟁이 지나치게 치열하다는 것이었다. 아이들은 특히 모두가 의무적으로 참가해야 하는 앤 어런델 카운티 과학기술 경진대회라는 서바이벌 게임 스타일의 대회에 목을 맸다.

이 대회는 정말 살벌했다. 1년에 한 번 전교생이 메릴랜드 대학교에 모여 프로젝트 대결을 벌였다. 끝까지 남는 학생은 값싼 랩톱컴퓨터와 함께, 전교생에게 으스댈 수 있는 특권을 얻었다. 그 대회에서 우승한다는 생각만 해도 아드레날린이 솟구쳤다. 경쟁을 좋아하는 나는 벌써부터 가슴이 설레었다.

6학년이 시작되면서 또 다른 사건이 있었다. 로건을 만난 것이다. 우리는 죽이 잘 맞았다. 선생님이 칠판으로 고개를 돌릴 때마다 쪽지를 주고받았다.

"점심 같이 먹을래?" 내가 먼저 쪽지를 보냈다.

"그래." 로건으로부터 답장이 왔다.

머지않아 우리는 수업 시간 외에도 만나기 시작했다. 틈만 나면 같이 어울렸다. 로건과는 자연스럽고 편안하니 마음이 잘 통했다. 곧 사람들은 우리를 연인으로 보기 시작했고, 우리 둘은 그런 시선을 마다하지 않았다.

"우리 사귀는 사이인 것 같아." 내가 말했다.

"그래." 로건이 답했다.

이렇게 나의 첫 여자 친구가 생겼다. 로건은 내게 갈색 곰 인형과 초콜릿을 선물해 주었다. 학교생활에 적응해야 한다는 압박감이 점점 커지고 있었지만 로건과 함께 있으면 편안하고 인정받는 듯한 기분이 들었다. 그리고 로건은 완벽했다. 예쁘고 똑똑하고, 무엇보다 정말 재미있었다. 우리는 함께 영화를 보거나 로건의 집에 있는 엄청나게 큰 수영장에서 누들*을 가지고 장난치며 놀았다. 웃음이 멈추지 않았다. 모든 것이 즐겁고 완벽해 보였다.

그런데 몇 주가 지나면서 뭔가가 아주 잘못됐다는 느낌이 들기 시작했다. 로건과 함께 보내는 시간은 물론 좋았다. 수업 시간에 쪽지를 주고받을 때 로건이 짓는 미소가 좋았고, 카페테리아에서 마주앉아 그 아이의 편안한 웃음소리를 듣는 것이 좋았다. 하지만 뭔가가 빠져 있었다. 여자 친구에게 느껴야 할 법한 감정이 느껴지지 않았던 것이다. 구체적으로 말하자면, 키스하고 싶은 마음이 들어야 하는 거 아닌가. 하지만 사실…… 그렇지 않았다. 내가 첫 키스를 시도하지 않은 채 6학년의 첫 달이 지나가 버리자 로건도 이상하게 여기기 시작했다.

이제껏 들지 않았던 한 가지 의문이 처음으로 내 머릿속에서 소용돌이치기 시작했다. 그 의문은 다항식이니 수면 포화니 과외 활동이니 하는 것과는 아무런 관계도 없었다.

'내가 왜 이러지?'

---

*   스티로폼으로 만든 기다란 막대기 장난감.

Breakthrough
How One Teen Innovator Is Changing the World

벽장 속의
괴짜

예상치 못한
첫 키스

시간이 지나도 로건에게 별다른 감정이 느껴지지 않았다. 나는 아주 혼란스러웠다. '로건은 완벽해. 그런데 왜 그 아이에게 끌리지 않는 거지?' 나도 내 마음을 알 수가 없었다.

다행히도 로건은 이 문제를 거론하지 않았다. 그래서 마음이 놓였다. 나는 내 고민을 마음속 가장 어두운 구석으로 밀어 넣어 버렸다. 아무 문제도 없다고 스스로를 타일렀다. 로건에 대한 고민만 뺀다면 내 인생은 잘 굴러가고 있었다. 제이크와 샘이라는 새 친구들이 생겼고, 우리 셋은 실과 바늘 같은 사이가 되었다. 제이크는 누가 도발하기라도 하면 무슨 짓이든 할 녀석이었다. 워낙 기운이 넘치는 친구라 제이크 덕분에 많이 웃을 수 있었다. 샘은 좀 더 차분했다. 유머 감각이 뛰어나고 같이 어울려 다니기에 편안한 친구였다.

주말마다 우리는 한 사람의 집에 모여 밤새도록 게임을 <워크라프트를> 하면서, 우리를 철석같이 믿으시는 부모님들에게 들키지 않도록 귀를 쫑긋 세웠다. 가끔은 공원으로 가서 롤러코스터를 타고 정크푸드를 먹기도 했다. 우리가 스스로 놀잇거리를 만들 때도 많았다. 제이크의 집 뒷마당에는 엄청 큰 트램펄린이 있었는데, 우리는 검은 공을 그 위에 올려놓고는 공을 건드리지 않고 점프하는 놀이를 했다. 녹초가 되어 땀투성이로 트램펄린에 드러누워 있으면 혼란스러운 마음에 정면으로 맞서거나 심각한 일들을 생각할 기분이 들지 않았다. 그저 재미있게 놀고 싶었다.

어느 날 제이크, 샘, 로건과 함께 진실 게임을 했다. 나는 진실을 말하는 대신 벌칙을 선택해 커다란 판지 상자 안에 들어가 있었다. 이제 제이크가 다음 질문 상대를 고를 차례였다. 녀석이 나를 보며 물었다.

"잭, 진실을 말할래, 아니면 벌칙을 받을래?"

내가 항상 벌칙을 선택한다는 건 모두 다 알고 있었다. 난 그런 아이니까.

"벌칙받을래."

"그럼, 로건한테 키스해." 제이크는 심술궂게 씩 웃으며 말했다.

"빨리 해!" 샘이 말했다.

샘과 제이크는 로건과 내가 석 달 동안 사귀면서 키스를 한 번도 하지 않았다는 사실을 모르고 있었다. 우리는 가벼운 입맞춤도 하지 않았다. 이제 모두가 지켜보고 있었다. 나는 얼굴이 빨개졌다. 그저 상자 속으로 사라져 버리고만 싶었다. 누가 상자에 우표를 붙여 어디 다른 곳으로 보내 줬으면…….

"까짓것."

나는 애써 자신만만한 표정을 지으며 상자 밖으로 나가 로건을 향해 성큼성큼 다가갔다. 내 초조함이 고스란히 전달됐는지 로건도 덩달아 불편한 기색이었다. 로건은 어색해하며 몸을 꼼지락거렸다. 나는 얼른 이 순간을 넘기고 싶은 마음뿐이었다. '자연스럽게 행동해, 잭. 그냥 자연스럽게 하는 거야.' 나는 아무렇지도 않은 척 로건의 입술에 길고도 부자연스럽게 입을 맞추고는 내 상자로 다시 돌아갔다. 로건은 어색하게 살짝 웃었다. 나도 어색하게 웃었다.

"진실을 말할래, 벌칙을 받을래?" 나는 최대한 빨리 다른 사람에게 주의를 돌리기 위해 제이크에게 물었다.

'내가 왜 이러지? 왜 로건에게 그런 감정이 느껴지지 않는 거야?' 나는 뭔가가 잘못됐다는 걸 내심 알고 있었다. 텔레비전에서 많이 봤으니 이런 경험, 그러니까 첫 키스가 이런 느낌이 아니어야 한다는 것쯤은 알고 있었다. 물론 긴장이야 되겠지만, 그런 초조함에 흥분과 이끌림이 뒤섞여 있어야 하는 게 아닌가. 하지만 여자 친구와 키스하는 것 같은 느낌이 아니었다. 그저 가장 친한 친구와 키스하는 것 같았다. 설렘이 느껴지지 않는 친한 친구. 이런 생각 때문에 머릿속이 혼란스러워 로건을 볼 때마다 짜증이 났다.

어찌할 바를 몰랐던 나는 로건에게 화풀이를 하기 시작했다. 점점 로건과 어울리는 시간을 줄이고 그 아이를 보고도 못 본 척했다. 급기야 나의 혼란스러움은 분노로 변하고 말았다. 나는 로건을 무시하는 짓을 그만두고 마치 내가 로건에게 과분한 사람인

양 행동하기 시작했다. 정말 한심한 짓이었다. 결국 6학년 중반 즈음 로건에게 쪽지를 보내 우리 사이를 끝내자고 통보했다. 쪽지로 끝내다니, 열한 살이라 해도 참으로 서툰 행동이었다. 당연히 로건은 그 후로 내게 말도 걸지 않았다.

로건과의 이별을 자초하고 나서도 내 교우 관계가 완전히 끝난 것은 아니었다. 여전히 제이크, 샘과 어울렸다. 하지만 그 아이들도 나의 변화를 알아차리기 시작했다. 무언가가 잘못됐음을 눈치챈 것이다. 나는 가끔 퉁명스레 대답하거나 딴 곳에 정신이 팔려 있었다. 그 친구들과도 서서히 멀어져 가는 것이 느껴졌다.

수중보 연구,
익사 기계를 멈추는 방법

우정은 잘 지켜 내지 못하고 있었지만, 나의 승부욕은 활활 타오르기 시작했다. 대규모 과학 경진대회가 다가오고 있었다. 출품할 프로젝트를 위한 아이디어가 시급했다. 1등을 해서 아이들에게 으스대고 싶어서만은 아니었다. 경진대회의 결과가 학교 성적에 큰 비중을 차지하기도 했다.

테드 삼촌과 함께 치트 강에서 카약을 타던 중에 문득 영감이 떠올랐다. 우연히 수중보를 만났는데, 이번엔 우리 가족을 상징하는 나뭇가지들을 던지는 대신 수중보에서 물살이 그렇게 거세게 이는 원리를 알고 싶었다. 그래서 테드 삼촌에게 물어보았다.

"수중에서 수압이 급격히 높아져서 그래. 정말 신기하지."

치트 강을 따라 계속 떠내려가면서 삼촌은 수중보 아래의 역류가 얼마나 치명적일 수 있는지 설명해 주셨다. 강물은 겉으론 평화로워 보여도 수면 밑에서는 포악하고 그 위력이 대단하다. 역류에 휘말렸다 하면 무엇이든 제자리를 계속 빙빙 돌게 되고, 탈출이나 구조가 어렵거나 심지어는 불가능할 때도 있다.

나는 더 많이 알고 싶었다. 집으로 돌아오자마자 컴퓨터를 켜고 인터넷 검색을 하기 시작했다. 알면 알수록, 세탁기처럼 돌며 사람들을 꼭 붙잡아 두는 강물의 위력에 매료되었다. 알고 보니, 이렇듯 눈에 띄지 않는 위험한 곳들이 전국에 수천 군데나 흩어져 있었다. 수면 바로 밑에 잠복해 있는 이 기묘하고도 위력적인 물살에 휩쓸려 익사당하는 사람들이 해마다 꼭 있었다.

나는 익사 기계로 불리는 이 수중보가 어떤 원리로 작동하는지, 물속에서 정확히 어떤 일이 벌어지는지 알고 싶었다. '물의 흐름을 바꾸어 사람들이 물살에 휘말리지 않게 할 수 있는 방법이 없을까?' 나는 고민에 빠졌다. 그러다 문득 이런 생각이 들었다. '이걸 프로젝트 주제로 삼으면 되겠구나! 수중보에 관한 흥미를 과학 경진대회 프로젝트로 발전시켜 생명을 구하는 데 보탬이 될

수 있다면 얼마나 좋을까?'

　나는 아빠와 함께 지하실에 만들어 놓았던 모형 강을 이리저리 만지작거려 물의 흐름을 조정하면서, 수중보에서 일어나는 일을 재현하려 애썼다. 수많은 사례 연구들을 참고하여 강, 수중보, 인간의 축소 모형을 정확한 비율로 만들었다. 지하실에 있는 내 강이 실제 강의 흐름을 모방할 수 있도록 배수펌프까지 달아 흐름을 조절했다. 모형 강과 모형 인간이 정확한 비율로 만들어져 익사 기계의 위력을 재현할 수 있게 되자 나무 바닥을 투명한 유리로 바꾸어 모든 각도에서 상황을 모니터했다.

　수중보를 복제하는 데 성공했으니 이제는 위험한 물살을 멈추는 방법을 찾을 차례였다. 이런저런 차단물들이 물의 흐름을 어떻게 바꿔 놓는지 알아보느라 어두컴컴한 지하실에서 엄청나게 많은 시간을 보냈다.

　나는 플라스틱, 나무, 콘크리트로 주문 제작한 다양한 차단물들이 물살에 미치는 영향을 시험해 보았다. 대략 40여 가지의 장치들을 시험해 본 끝에 마침내 물의 격렬한 순환을 조절할 수 있는 장치를 발견했다. 나무를 약 11도 각도로 조각한 곡선 모양의 구조물이었다. 곡선의 꼭대기를 수중보의 중앙에 두면 방수되는 물이 서서히 증가하여 흐름이 흐트러져서, 물살에 휩쓸린 사람이 거기에서 벗어날 수 있게 된다. 수중보의 유속 급증 현상을 특정한 위치에 차단물을 추가함으로써 조절할 수 있게 한 것이다.

수중보를 소형으로 복제하고 이런저런 시행착오를 겪으면서 나는 사람들의 목숨을 앗아 가고 있는 문제를 해결했다. 내 실험은 수중보를 훨씬 더 안전하게 만들 수 있는 방법이 있음을 성공적으로 증명해 보였다. 난생처음으로 나는 세상을 변화시킬 수 있는 힘이 내게 있다는 사실을 깨달았다.

"얼간이들의
콧대를 눌러 주겠어!"

나는 이 아이디어를 얼른 학교 친구들에게 알리고 싶었다. 하지만 그건 위험한 짓이었다. 경진대회 출품작에 대해 시시콜콜 떠들고 다니는 학생은 그리 많지 않았다. 오죽하면 과학 경진대회를 서바이벌 게임이라고 할까? 뭐, 심하게 과장된 말도 아니다. 학생들 간의 경쟁은 살벌했고, 몇몇은 방해 공작도 서슴지 않는다는 소문이 있었다. 그리고 난 그 소문을 믿었다. 하지만 참을 수가 없었다. 누구에게든 말하고 싶었다. 흥분된 마음을 더는 억누르지 못하고 수업 전에 제이크에게 얘기했다.

제이크는 내가 바라던 반응을 그대로 보여 주었다. 내 얘기가 진행될수록 점점 더 감탄하는 것처럼 보였다.

"죽여준다, 네가 1등 먹을지도 몰라." 제이크가 말했다.

"정말? 그럴까?" 과학 경진대회에서 우승한다는 생각은 한 번도 해 본 적이 없었다. 좋은 성적을 받을 수 있지 않을까, 하는 기대감은 있었지만.

"그래, 정말이야, 잭. 네 아이디어 끝내준다니까." 제이크가 덧붙였다.

녀석의 말은 진심이었다. 제이크는 내 프로젝트에 대해 계속 질문을 던졌다. 나는 신이 나서 떠들어 댔고, 내 목소리는 점점 더 커졌다. 어쩌다 데이미언이라는 아이가 내 얘기를 들은 모양이었다.

"수중보를 출품할 거라고?" 데이미언이 비웃으며 물었다.

그게 질문이 아니라는 건 둘 다 알고 있었다. 녀석은 날 조롱하고 있었다. 데이미언은 어느 학교에나 꼭 한 명쯤은 있을 법한 녀석이었다. 그 아이는 그냥 얼간이였다. 대책 없는 얼간이! 항상 날 못 잡아먹어 안달이었다. 다른 아이들과 마찬가지로 승부욕이 대단한 녀석이라는 건 알고 있었지만, 무슨 이유에선지 나를 유독 싫어했다. 그렇지 않고서야 그렇게 반응할 이유가 없었다. 나는 놈을 상대하기 싫었다.

"그럴 것 같은데, 왜?" 나는 다른 곳으로 고개를 돌리며 답했다.

"네 프로젝트가 엿 같아서 말이야."

'그럼 그렇지.' 데이미언은 '엿 같다'는 말을 지나치게 좋아했다.

"내가 이기겠는걸." 데이미언은 히죽거리며 덧붙였다. "농담이야. 잘해 봐."

"뭐……." 나는 웅얼거렸다.

나는 겉과 속이 아주 다른, 이런 식의 대화에 서툴렀다. 대꾸할 말을 열심히 궁리해 봤지만, 머릿속이 멍했다. 다행히도 그 순간 선생님이 교실 문을 열고 들어와, 멍청이처럼 보일 위기에서 날 구해 주셨다. 내 자리로 돌아간 나는 그제야 열불이 나기 시작했다. 데이미언은 원래 짜증 나는 놈이었지만, 이번엔 정말 신경에 거슬렸다. '날 알지도 못하는 자식이! 자기는 뭐가 그렇게 잘났어?' 녀석을 이기고 싶었다. 무슨 일이 있어도 말이다. 데이미언의 코를 납작하게 해 주려면 하루빨리 작업에 착수해야 했다. 경진 대회까지는 7주밖에 남지 않은 상황이었다. 과학적 원리에는 자신이 있었지만, 대회에서는 프로젝트의 아이디어만큼이나 발표를 얼마나 잘하느냐가 중요했다.

나는 부모님 앞에서 연습을 하고 또 했다. 하지만 두 분의 지루한 표정을 보니 내 발표에 문제가 있는 것이 틀림없었다. 몇 번의 연습이 끝난 후 부모님은 비디오카메라를 사 주시면서 내가 어떻게 발표하는지 직접 보라고 하셨다. 나는 불쾌한 현실과 직면해야 했다. 그때까지 죽 내가 발표를 잘하는 줄 알고 있었는데, 비디오에 찍힌 모습을 보니 나쁘지 않은 정도가 아니라 끔찍한 수준이었다.

나는 발표를 하다가 종종 침을 꿀꺽 삼키고 말을 더듬었다. 방향을 잃고 지루하게 계속 웅얼거리기만 했다. 실수를 할 때마다 처음부터 다시 시작해야 했다.

도움이 필요했던 나는 동생으로서의 마지막 자존심까지 버리고 형에게 조언을 구했다. 내 발표를 지켜보던 형은 과연 형다운 반응을 보였다.

"진짜 못 봐 주겠네."

형은 이렇게 말하고는 내 면전에 대고 문을 쾅 닫아 버렸다. 그러고는 잠시 후 돌아와 내게 종이 한 장을 내밀었다.

"내가 배운 요령들을 적어 놨어. 그거 다 익힐 때까지 나 귀찮게 하지 마."

나는 유용한 비결들이 담긴 그 종이를 몇 시간 동안 꼼꼼히 살펴보았다.

"잘 알고 있는 새로운 게임을 친구에게 알려 주듯이 말할 것. 대화하듯이 할 것."

"연설하지 말고 자신의 생각을 말할 것."

"처음으로 다시 돌아가지 말 것! 계속 이어 나가고 놓친 부분들은 나중에 보충할 것."

"간결하게 설명할 것."

"지루한 부분은 전부 삭제할 것."

나는 과학 경진대회 발표 영상들을 유튜브 YouTube에서 찾아보며 더 열심히 연습했다. 서서히 성과가 나타나기 시작했다. 말투가 더 매끄러워지고 자신감이 붙었다. 자신감이 붙을수록 침을 삼키거나 말을 더듬는 횟수도 줄어들었다. 경진대회 날이 가까워졌을 때 난 마침내 준비를 마쳤다.

대회 당일, 나는 좋은 점수로 데이미언을 이기기를 기대하며 메릴랜드 대학교에 도착했다. 어쩌면 여덟 개 부문 중 한 부문에선 입상할 수도 있지 않을까 싶었다. 분야는 화학에서부터 공학, 물리학까지 다양했다. 부문별 우승자가 발표되고 나면 심사위원들이 종합 2, 3위 입상자들에게 상을 준 다음, 최종 우승자에게 시상했다.

큼직한 양쪽 여닫이문을 밀고 들어가면서 나는 마치 꼼꼼히 봤던 유튜브 영상 속으로 걸어 들어가는 기분이었다. 널찍한 대회장 곳곳에 부스들이 세워져 있고, 아이들이 자기 출품작 앞에서 긴장된 표정으로 이리저리 서성이고 있었다. 나는 말을 아꼈다. 평소 때와 거의 비슷하게 의연한 표정을 지었지만, 미소는 지을 수 없었다.

과학 경진대회의
최종 우승자

나는 내 자리를 찾아 출품작을 전시했다. 커다란 판지의 맨 위에 '익사 기계를 막을 수 있을까?'라고 쓴 뒤 그 밑에 내 결론의 근거가 된 정보도 함께 적어 놓았다. 그리고 나서 경쟁자들의 작품을 둘러보았다. 나로서는 처음으로 참가한 경진대회였기 때문에 우승을 기대하진 않았다. 게다가 7, 8학년 학생들의 출품작들이 정말 대단했다. 행동과학 부문에 '일반 음료 중 치아에 가장 해로운 것은?'이라는 흥미로운 작품이 있었다. 같은 부문에 출품된 '미로를 통과하는 쥐에게 클래식 음악이 미치는 영향'이라는 프로젝트 역시 단순하면서도 훌륭했다. 그중 가장 내 마음에 든 작품은 '자기부상열차의 속도 효율'이었다. 자기력으로 공중에 띄운 레고 기차를 이용한 연구였다.

그러다가 데이미언을 발견했다. 녀석은 자기 출품작 앞에 뻐기는 표정으로 서 있었다.

"어이, 멍청이, 시범 보여 주랴?"

"됐네." 나는 무관심한 척 말했다.

8학년인 루크 형도 〈지금 우리의 곁에 곰팡이가 있을까?〉라는 출품작으로 대회에 참가했다. 뿌리에 붙어 있는 곰팡이가 식물의 성장에 도움이 된다는 사실을 증명해 보이는 실험이었다.

6학년 과학 경진대회 출품작
〈익사 기계를 막을 수 있을까?〉
앞에서

데이미언은 한 부문에서 1등을 차지했다. 나는 풀이 죽었다.
'미치겠네, 올해가 끝날 때까지 또 잘난 척하는 소리를 지겹도록
듣겠구나.'

시상식 말미에 종합 입상자들을 발표할 차례가 왔다. 제일 먼
저 형의 이름이 불렸다! 형은 3등을 차지했다. 단상에 올라서는
형을 보니 무척 뿌듯했다. 2등은 '풍차에 가장 효율적인 날개각은
몇 도인가?'라는 출품작에 돌아갔다. 나는 그 작품이 1등을 할 줄
알았다. '그럼 대체 1등은 어떤 작품인 거지?'

심사위원들이 종합 우승자를 발표하기 직전, 강당에는 정적이
감돌았다.

"1등은 〈익사 기계를 막을 수 있을까? 수중보를 안전하게 개조

하기〉를 출품한 잭 안드라카에게 돌아갔습니다."

나는 입이 쩍 벌어졌다. 무대 위의 내 자리에서 관중석을 바라보았다. 미소 짓고 있는 형이 보였다. 데이미언은 도망치듯 출구 쪽으로 내빼고 있었다. 부모님과 포옹을 나눈 나는 얼른 테드 삼촌에게 그 소식을 전하고 싶었다. 엄마의 휴대전화를 꼭 쥐고 말했다.

"삼촌, 어떻게 됐게요?"

"왜? 어떻게 됐는데?"

"내가 1등 했어요."

"잘했어. 어떤 부문에서?"

"전부 다 합쳐서요. 종합 우승이에요!"

"축하한다, 잭! 대단해. 같이 축하해야지." 삼촌은 아주 놀라며 감탄하셨다.

며칠 뒤, 1등을 한 기념으로 나는 삼촌의 보트를 타고 하루 종일 체서피크 만을 항해했다. 학교에서 우승 상품으로 받은 컴퓨터보다 그 시간이 훨씬 더 좋았다. 제이크와 샘도 함께해 꼭 파티를 하는 기분이었다. 날씨도 참 좋았다. 우리는 차례대로 키를 잡고 만을 빙 돌면서 지나가는 보트들에 여유롭게 손을 흔들었다.

멋진 추억을 쌓은
여름방학

얼마 후 나는 다시 그 보트에 올랐다. 게잡이 철이 시작되었기 때문이다. 하지만 그해는 뭔가 달랐다. 익숙한 경로를 따라가면서 통발을 던졌다가 끌어당겨 보니 게들이 한 움큼밖에 차 있지 않았다.

"왜 이래요? 게들이 다 어디 갔어요?"

"오염이 심해져서 게들이 죽어 가고 있는 거야."

"왜요?"

테드 삼촌은 체서피크 만의 수질에 관한 이야기를 자주 하셨다. 수질 전문가로서 오염이 연약한 바다 생물들에게 미치는 엄청난 폐해를 직접 목격하고 있던 삼촌은 그에 관한 이야기를 몇 시간씩 해 주셨다.

"여기저기서 오염 물질이 흘러들고 있어. 볼티모어에 새 공장이 생겼는데, 거기 폐기물도 일부 들어왔을 거야. 대부분은 사람들 집에서 나온 쓰레기고."

나는 여전히 이해가 되지 않았고, 더 많은 걸 알고 싶었다. 삼촌이 설명을 덧붙였다.

"사람들이 잔디를 푸르게 하고 꽃들을 피우려고 마당에 비료를 뿌리면 그 비료가 빗물에 씻겨 바다로 흘러드는 거지. 그러면 해조류가 자란단다."

나는 혼란스러웠다. 해조류가 자라면 좋은 거 아닌가?

"해조류가 어떻게 게들을 죽여요?" 내가 물었다.

삼촌은 이런 대화를 나눌 때면 나를 어른처럼 대해 주셨다. 내가 아무런 질문도 하지 않으면 당신의 말을 잘 이해하고 있는 거라고 여기셨다. 아마도 그래서 삼촌에게 들었던 이야기들이 내 머릿속에 콕콕 박혔는지도 모른다.

"해조류가 햇빛을 차단하기도 하고 가끔은 산소 수치를 지나치게 낮춰 버려서 게 같은 바다 생물들이 살기 어려워지거든." 삼촌이 답해주셨다.

처음으로 나는 그 문제에 대해 고민했고, 곧 거기에 빠져들었다. 머릿속으로 여러 가지 생각들을 연결시키기 시작했다. 체서피크 만의 오염은 연쇄반응을 일으켜서 바다뿐만 아니라 주변 생태계의 모든 측면에 영향을 미친다. 삼촌의 설명을 듣고 있으니, 그 과정이 사진처럼 생생하게 내 눈앞에 펼쳐지는 듯했다. 바닷속으로 스며드는 오염 물질. 오염 물질에 노출되는 물고기. 그 물고기를 먹는 사람들. 삼촌은 늘 그렇듯 이야기를 마무리 지으면서 고개를 저으며 이렇게 덧붙이셨다.

"뭔가 좋은 방법이 있을 텐데."

그래도 우리의 축제에는 모자라지 않을 만큼 게들이 잡혔다.

삼촌과의 즐거운 시간을 뒤로하고, 엄마의 조언에 따라 방학동안 콜로라도스프링스에서 열리는 수학 캠프에 참가하기로 했다. 사실 처음에는 그 계획이 소중한 여름방학을 투자할 만큼 가치 있는 일일까, 하는 의문이 들었다. 수학 캠프라니…… 이름도 참!

캠프 첫날은 마치 전학생이 된 듯한 기분이었다. 전해에도 참가해서 서로 알고 있는 아이들이 많았다. 아는 사람이 한 명도 없었던 나는 공항에서 캠프까지 이동하는 버스 안에서 조용히 혼자 앉아 있었다. 그때 나보다 나이가 많아 보이는 여학생이 다가와 자기소개를 했다.

"안녕, 난 캐서린이라고 해. 넌 어디서 왔니?"

"메릴랜드요." 나는 얌전히 대답했다.

캐서린은 그때부터 나를 보살펴 주었다. 8학년이어서 그런지 마치 누나처럼 나를 여기저기 데리고 다니면서 자기가 아는 사람들을 소개해 주었다. 이렇게 해서 좋은 친구들도 생겼고, 캠프에 대한 오해도 풀렸다. 수학 캠프는 그저 공부만 하는 곳이 아니었다. 30일 동안 정말 멋진 사람들과 함께 생활하며 즐기는 파티나 마찬가지였다. 우리는 카드 게임을 하고 영화를 보았다. 평소 좋아하지 않던 운동도 그곳에서는 재미있었다. 격렬한 얼티미트 프리스비*와 축구를 했다.

저녁에는 진실 게임을 했다. 그해 초 로건과 어색한 경험을 했

---

* 두 팀으로 나뉘어 플라스틱 원반을 주고받는 경기.

는데도 난 여전히 벌칙을 택하는 편이었다. 종이접기도 배웠다. 종이를 정교한 모양으로 접다 보면 긴장이 풀리고 아이디어가 떠올랐다. 캠프의 하루 일정이 끝나면 캐서린과 나는 큼직한 텔레비전이 있는 휴게실의 커다란 소파에 몸을 동그랗게 말고 앉아 〈도전! 슈퍼모델〉이라는 오디션 프로그램을 함께 보았다.

이런 여유는 수업이 시작되면 곧 긴장으로 바뀌었다. 수학 시간은 도전의 연속이었다. 캠프에 참여한 아이들은 모두 똑똑했다. 우리는 수업이나 조별 토의 시간에 수학 문제들을 두고 토론을 벌였다. 수학이 창조되었는지, 발견되었는지에 대해 논쟁했고, 복잡한 방정식을 푸는 비결을 공유했다. 한 가지 문제에 대한 여러 가지 접근법을 검토하기도 했다. 이 모든 시간이 아주 즐겁고 알차게 느껴져서, 캠프가 끝나자 정말 섭섭했다. 나는 다음 해에도 꼭 참가하기로 마음먹었다.

집으로 돌아와 보니 우리 집에 털 달린 가족이 둘이나 늘어 있었다. 엄마가 형과 내게 깜짝 선물로 흰담비족제비를 사 주신 것이었다. 형과 내가 각자 이름을 하나씩 붙여 주기로 했다. 나는 이 귀여운 동물을 『해리 포터』의 등장인물인 지니 위즐리라고 부르기로 했다. 형은 "보이는 것이 전부는 아니다. 첫인상이 많은 이들을 속인다."라고 말한 고대 그리스 철학자 파이드로스Phaidros의 이름을 붙여 주었다.

흰담비족제비는 애완동물로 기르기에 아주 좋다. 정이 넘치고 똑똑하며, 잠이 아주 많다. 내가 책을 읽고 있으면 지니 위즐리는 내 어깨 위에서 몸을 동그랗게 말고 낮잠을 잔다. 위즐리와 파이드로스는 우리 집 개 케이시를 성가시게 하지도 않았다. 마치 같이 놀자고 말하는 것처럼 등을 활처럼 구부리고 깡충깡충 뛰어다닐 뿐이었다. 케이시는 가끔 즐거운 듯 둘을 지켜봤지만, 대개는 별로 관심을 기울이지 않았다.

남은 방학 기간에는 대개 지하실에서 실험을 했다. 지하실에서 보내는 시간이 길어질수록 실험의 내용도 점점 더 복잡해졌다. 어느 날 나는 유기화합물을 분해하는 촉매를 만들려고 질소를 포함한 생체분자들을 인터넷에서 구매했다. 그때 처음으로 이산화 타이타늄에 질소족원소들을 첨가해 보았다. 어떤 일이 벌어지는지 보고 싶었을 따름이다. 당시에는 내가 구입한 몇몇 화학 물질이 대단히 위험한 폭발물을 만드는 데에도 쓰인다는 사실을 몰랐다. 얼마 지나지 않아, 어떻게 알았는지 내 구매 이력을 파악한 연방수사국이 퉁명스러운 편지를 집으로 보내왔다. 내가 그들의 감시 대상임을 알리는 내용이었다. 나는 우스운 상황이라고 생각했지만 엄마와 아빠는 웃지 않으셨다. 그때부터 부모님은 지하실을 점점 더 멀리하셨다.

가끔은 실험이 처음 의도와는 전혀 다른 방향으로 흐르기도 했다. 어느 날은 한밤중에 부엌에서 시리얼 그릇에다 나노 입자들을 섞다가 피곤해서 그릇을 조리대에 둔 채 내 방으로 가서 잤다. 다음 날 아침에 깨어나 보니 열두 살짜리 사촌 앨런이 부엌에 있었다.

"참, 네가 온다는 걸 깜박했네."

앨런은 고개를 들어 손을 흔들었다. 시리얼을 숟가락으로 퍼서 입안으로 집어넣느라 바빠 제대로 인사를 하지도 못했다. 그런데 그릇이 왠지 낯익었다. 방금 깨어나 멍하던 머리가 점점 제 속도로 돌아가기 시작했다. 얼른 조리대에 내 나노 입자들이 있나 찾아보았다. 당연히 사라지고 없었다. 사촌을 돌아보았다. 앨런은 우유와 시리얼을 내 실험 그릇에 붓고 흰 설탕 가루처럼 보이는 나노 입자들을 후루룩 마시고 있었다.

"인마, 그만 먹어!" 나는 소리를 질렀다.

앨런은 나노 입자가 섞인 우유를 입에서 뚝뚝 흘리며 고개를 들었다.

"내가 실험하던 거야!"

그 말을 듣자마자 앨런은 시리얼을 뱉고 화장실로 달려갔다. 그날 이후로 나는 앨런을 보면 농담을 하곤 했다.

"넌 걸어 다니는 실험 용기라서 내가 주시하고 있어. 우리 집에 올 때마다 결과를 기록하고 있다니까."

내가 과학을
좋아하는 이유

7학년으로 올라가기 전 방학이 일주일 남았을 때 끔찍한 소식을 들었다. 가장 친한 친구들인 제이크와 샘이 다른 도시로 이사를 간다는 것이었다. 충격이었지만 나는 긍정적으로 생각하려 애썼다. 수학 캠프에서 새 친구들을 사귀는 것도 그렇게 어렵지 않았으니까. 거기다 처음으로 참가한 과학 경진대회에서 1등을 했으니 곧 새 친구들이 생기겠거니 했다.

그보다 이 무렵 내 안에서는 훨씬 더 충격적인 변화가 일어나고 있었다. 내 또래 남학생들 대부분은 여름방학 동안 부쩍 성숙해서 돌아온 여자아이들의 변화에 관심을 가졌지만 나는 그렇지 않았다. 내 감정을 무시하려 아무리 애써 봐도, 내가 여자에게 흥미가 없다는 사실이 점점 더 분명해지고 있었다.

하루는 나도 모르게 우리 반의 한 남자아이에 대한 공상에 푹 빠졌다. 참 멋지단 말이야, 하고 생각했다. 가끔은 어떤 남자아이가 농담을 하면 지나치다 싶을 정도로 오래 웃기도 하고, 수업 시간에 멍하니 이런저런 남자아이들을 떠올리기도 했다. 남자아이에게 끌리는 감정을 떨쳐 버리기가 점점 더 어려워졌다. 시도 때도 없이 그랬다.

'대체 내가 왜 이러는 거지?' 명백한 신호들이 나타나고 있는

데도 나는 그 의미를 확신할 수가 없었다. 아니, 그것과 대면할 준비가 되어 있지 않았다. 사람들이 어떤 반응을 보일지 몰라도, 마냥 좋지는 않을 거라는 불길한 예감이 들었다. 그래서 그런 감정을 내 안 깊숙이 가둬 두고 잊으려 안간힘을 썼다.

나는 계속 과학에 집중했다. 과학만은 내가 완벽하게 이해할 수 있었다. 과학의 가장 좋은 점은 다른 세계를 엿볼 수 있게 해 준다는 것이다. 겉으로는 우발적으로 보이는 색채와 형태 뒤 깊숙한 곳에 있는 규칙과 원칙을 들여다볼 수 있고, 그것들을 더 많이 알고 껍질을 하나하나 벗길수록 우주의 온갖 문제와 수수께끼 뒤에 숨어 있는 비밀을 풀 수 있는 확률이 높아진다. 과학에서 모순이란 존재하지 않는다. 모든 행위에는 원인이 있고, 모든 문제에는 해답이 있다. 열의를 갖고 찾기만 하면 된다. 나는 무엇이든 할 수 있을 것 같은 기분이 들었다. 내 실력이 점점 늘어 가면서 자신감도 커졌다. 어떤 문제를 만나든 내 정신을 강력한 무기처럼 자유자재로 쓸 수 있을 것 같았다.

한번은 내가 좋아하는 해변 한 곳이 오염 문제로 폐쇄됐다. 나는 관련 공무원들이 그곳의 수중 상태를 검사하기 위해 값비싼 장비들을 질질 끌고 가는 모습을 보았다. 그 검사법은 비용이 많이 들 뿐만 아니라, 장비를 언제든지 사용할 수도 없었다. 문득 테드 삼촌과 여름방학 때 게를 잡으며 나누었던 대화가 떠올랐다. 체서피크 만의 오염 때문에 게들이 많이 죽었다는 얘기.

7학년 때
과학 경진대회
발표장에서

'뭔가 좋은 방법이 있을 텐데.' 개울에 관해 연구하면서 알게 된 사실들을 동원하면 해결책을 찾아낼 수 있을 것 같다는 생각이 들었다. '빛을 발산하는 유기체인 작은 발광생물들이 오염 물질에 반응하는 방식을 보면 더 나은 오염 지표를 얻을 수 있지 않을까?'

나는 곧장 집으로 달려와 창문이 없는 욕실에서 발광박테리아를 배양하기 시작했다. 몇 주가 지나자 그곳에 반짝거리는 생물체들이 아주 많아져서, 엄마는 불을 켜지 않고도 책을 읽으셨다.

여러 생물체를 서로 다른 오염도에 노출시켜 본 결과, 발광생물은 오염 물질을 흡수할수록 빛이 흐릿해진다는 사실을 알 수 있었다. 나는 그해의 과학 경진대회 출품작을 〈빛나는 탐정 - 스토니 크리크 수역의 오염 물질을 탐지하는 데 발광박테리아를 생물학적으로 이용할 수 있을까?〉로 정했다. 이미 경험한 바 있으니 또 한 번 좋은 결과를 얻을 자신이 있었고, 실제로도 그랬다. 2년 연속으로 앤 어런델 카운티 과학기술 경진대회에서 종합 우승을 차지했다. 경쟁이 치열한 과학 경진대회에서 연달아 큰 상을 받으며 나는 주목할 만한 참가자로 명성을 쌓아 갔다.

최고의 과학 경진대회, I-SWEEEP와 ISEF

내가 수질오염을 탐지하는 방법을 연구하는 동안, 고등학교에 들어가서도 여전히 과학 경진대회를 준비 중이던 루크 형 역시 물에 심취해 있었다. 형의 프로젝트는 천재적이었다. 광산의 산성 폐수가 환경과 야생 생물들에게 미치는 부정적인 영향을 진단하고 현실적인 해결책을 제시하는 것이 목적이었다. 형이 지금까지 연구한 프로젝트 중 단연 최고였다.

형은 네 가지 변수를 시험할 수 있는 전지電池를 설계했다. 변수들이 주어지면 개울의 특정한 조건에 완벽하게 들어맞는 전지를 만들 수 있었다. 그 전지를 쓰면 개울의 오염을 처리하는 방식을 바꾸어 수만 톤의 신선한 식수를 구할 수 있었는데, 비용과 인력이 적게 들기 때문에 현재 사용되는 석회암 기법보다 훨씬 더 실행이 간편했다. 형은 그 프로젝트에 〈광산 산성 폐수의 전기화학적 해결 – 광산 산성 오염의 해결책〉이라는 제목을 붙였다.

형과 나는 처음으로 지역의 과학 경진대회가 아니라 텍사스주 휴스턴에서 열리는 I-SWEEEP(국제 친환경 세계 에너지·공학·환경 프로젝트 올림피아드)에 우리 프로젝트를 출품하기로 했다. 사람들 앞에서 발표하는 데 자신감이 붙었으니 이번엔 좀 더 수월할 거라는 생각이 들긴 했지만, 훨씬 치열한 경쟁을 각오해야 했다. I-SWEEEP는 71개국의 학생 과학도 1,655명이 참가한 세계 최대 규모의 환경과학 경진대회였다. 대회장의 무대는 메릴랜드에서 보았던 그 어떤 무대보다 더 컸다. 그리고 믿기지 않을 만큼 뜨거운 승부가 펼쳐졌다.

처음으로 참가하는 전국 대회였기에 나는 우승에 초점을 맞추지는 않았다. 승산이 별로 없어 보였다. 다만 그곳에서 보는 모든 것을 흡수하여 그 지식을 미래의 내 프로젝트에 적용할 수만 있다면 그걸로 족했다. I-SWEEEP는 프로젝트의 정교함에서부터 학생들의 발표까지 모든 면에서 수준이 한층 높았다.

나는 대회장을 돌아다니며 다른 출품작들을 구경하다가 한 전시물 주변에 사람들이 모여 있는 것을 보았다. 나도 다가가 그 출품자가 내건 게시판의 글을 읽었는데, 그만 할 말을 잃고 말았다. 음파를 이용하여 지뢰를 탐지해 내는 새로운 방법을 발견했다는 것이었다. 나는 믿을 수가 없어서 그 출품작을 빤히 노려보며 서 있었다.

"안녕, 난 메리언 벡텔이야." 한 여자아이가 내게 손을 내밀며 말했다.

궁금한 점이 한두 가지가 아니었다. 첫 질문은 '어떻게?'였다. 메리언의 설명에 따르면, 입체영상 레이더를 사용하여 지뢰를 찾아내는 장치를 연구하는 여러 나라의 과학자들을 만나 그들의 연구에서 영감을 받았다고 했다. 그녀는 피아노를 연주하다가 특정음이나 화음을 치면 가까이에 있는 밴조의 현들이 함께 울린다는 사실을 알아챘다. 이 경험으로부터 아이디어를 얻었다. 음파나 지진파를 이용하여 땅에 묻혀 있는 지뢰들을 자극하면 탐지가 가능하지 않을까 하는.

"인도적인 차원에서 지뢰를 제거하는 활동에 관심이 생겼는데 그 관심을 내가 사랑하는 음악에 결합시킨 거야."

전시물 옆에는 메리언이 처음에 파철 탐지기의 뼈대를 이용하여 만들었던 단순한 형태의 음파 탐지기가 있었다. 괜스레 가슴이 뜨거워졌다.

드디어 심사위원들에게 내 아이디어를 발표할 시간이 왔다. 컨

디션은 좋았다. 형이 카드에 적어 준 발표 요령을 아직도 가지고 있었다. 거창한 말로 심사위원들에게 인상을 남기려 하기보다는 이해하기 쉽고 흥미로운 발표가 되도록 노력했다.

사실 상은 기대하지 않았다. 대회에 참가하는 것만으로도 행복했다. 하지만 심사위원들이 중등부 1등 수상자로 내 이름을 불렀을 때 소리를 지르고 말았다. 기뻐서가 아니라 충격을 받아서였다. 전국에서 모여든 또래들 사이에서 내 프로젝트를 인정받는다는 건 말할 수 없이 큰 영광이었다.

가장 놀라운 소식은 따로 있었다. 루크 형이 종합 우승을 차지한 것이다. 이로써 형은 과학 경진대회의 궁극이라 할 수 있는 ISEF인텔 국제 과학기술 경진대회에 참가할 수 있는 자격을 얻었다.

얼마 뒤 나도 형을 따라 ISEF 대회장에 입장했다. 손님 자격이었다. ISEF는 훌륭한 출품작과 어설픈 출품작이 뒤섞여 있는 지역 대회와 전혀 달랐고, I-SWEEEP와도 분위기가 달랐다. 최고 중의 최고였다. 출품작들은 하나같이 뛰어났고, 참가자들은 열정적이고 영리한 데다 말솜씨도 좋았다. 한마디로 완벽했다. 나는 일주일 내내 나보다 박식한 연상의 참가자들과 어울리면서 스타에게 반하듯 그들을 동경하게 되었다. 마치 과자 가게에 온 꼬마처럼 대회장을 여기저기 돌아다니며 모두에게 출품작에 대해 물어보았다.

ISEF는 모든 참가자들에게 멋진 명함을 만들어 주었다. 앞면에

I-SWEEEP 시상식에서 나와 루크 형

는 사진이 있고 뒷면에는 약력이 적혀 있었다. 나는 결승 진출자들의 명함을 모아서 꼼꼼하게 살펴보았다.

루크 형의 성적은 어땠을까? 결론만 얘기하자면 9만 6,000달러의 상금을 받았다. 형이 그렇게 대단해 보인 적이 없었다. 대회 마지막 날, 나는 객석에 앉아서 겨우 열여섯 살인 에이미 차오가 무대로 걸어 나가 대회의 최고 영예인 고든 E. 무어 상을 받는 모습을 지켜보았다. 에이미의 출품작은 암세포를 죽이는 약물을 빛 에너지로 활성화한 놀라운 연구였다.

크라운스빌의 집으로 돌아오자마자 나는 에이미 차오와 그녀가 하고 있는 멋진 일들에 대해 더 알아보기 위해 컴퓨터를 켰다. 에이미의 이야기는 상상했던 것보다 훨씬 더 감동적이었다.

고등학교 1~2학년 동안 에이미는 화학을 독학했다고 한다. 그런 다음 공부한 내용을 광역동 요법의 개선에 적용했다. 표피암을 빛으로 치료하는 광역동 요법은 오래전에 시작된 치료법이지만, 피부 표면에 가까운 암세포에만 사용할 수 있었다. 그런데 에이미는 전기를 전도하는 반도체 나노 입자들을 일정한 빛 파장에 노출시키면 암세포를 죽일 수 있는 형태의 산소가 만들어진다는 사실을 알아냈다. 몸속으로 주입된 나노 입자들은 혈류를 따라 움직이거나 병소에 머물러 있게 된다. 에이미가 개발한 입자들은 표적 광선 요법을 사용하면 몸속으로 더 깊숙이 침투할 수 있기 때문에 다양한 피부 암들을 치료할 수 있다. 내 또래의 학생이 혼자서 이 모든 걸 해낸 것이다. 에이미는 영리하고 대담하며, 무엇보다 창의적이었다.

에이미를 보며 이런 생각이 들었다. '내가 정말 열심히 노력한다면 어떨까? 그 굉장한 아이들처럼 공부하고 생각한다면? 그러면 나도 언젠가는 ISEF에 참가할 수 있을 거야. 내 새로운 영웅 에이미 차오처럼 세상을 바꿀 수 있을지도 몰라.'

그때부터 나는 내 과학 연구의 미래를 구체적으로 꿈꾸기 시작했다.

외로운 학교생활,
따돌림이 시작되다

I-SWEEEP에서 중등부 우승을 차지한 나는 학교로 돌아가면 데이미언을 제외한 나머지 학생들에게 영웅 대접을 받을 거라 기대했다. 하지만 기대는 무너졌다. 내가 과학 분야에서 두각을 나타낼수록 나를 대하는 아이들의 태도가 점점 달라졌다. 처음엔 그냥 나 혼자만의 생각인 줄 알았다. 하지만 착각이 아니라는 걸 깨닫기 시작했다. 경쟁이 워낙 치열한 학교다 보니 내 성공을 아니꼽게 여기는 아이들이 많았다.

하룻밤 사이에 모든 것이 바뀌어 버린 것 같았다. 처음으로 상을 받았던 6학년 때에는 아이들도 축하해 주는 듯했다. 하지만 이젠 내가 과학 경진대회 얘기를 할 때마다 아이들의 눈빛이 달라졌다. 나와 함께 기뻐해 주기는커녕 화를 내는 것처럼 보였다. 복도를 지나가면 아이들이 내 얘기를 숙덕거리는 소리가 들렸다. 히죽거리는 얼굴들도 언뜻 보였다.

지나친 걱정이라고 아무리 마음을 다잡아 봐도 현실을 무시할 순 없었다. 7학년의 셋째 주 즈음에는 내가 학교 식당에 가서 테이블에 식판을 내려놓으면 그 테이블에 앉아 있던 아이들이 전부 다 일어나 가 버렸다. 아무런 설명도 없이. 아이들은 그저 내 근처에 있기를 싫어했다. 나는 사람들이 존재를 알면서도 모른 척하는 투명인간이 된 기분이었다.

창피하고 끔찍한 일을 또다시 겪고 싶지 않았던 나는 점심시간을 아예 건너뛰기로 했다. 4교시 종이 치면 다른 아이들을 따라 학교 식당으로 가는 척하다가 막판에 남자 화장실로 직행해서 장애인 칸으로 휙 들어가 문을 잠갔다. 무사히 안에 들어가고 나면 변기 뚜껑에 앉아 땅콩버터 샌드위치를 꺼내고 휴지 걸이를 식판 삼아 재빠르게 점심을 해결했다. 누군가가 화장실에 들어올 때마다 아주 불편했다. 그 사람이 볼일을 다 볼 때까지 두 발을 들고 씹는 것을 멈추어야 했기 때문이다.

내 외모도 문제였다. 중학교 시절, 큼직하고 두꺼운 안경에 치아 교정기까지 끼고 수업 시간에 항상 손을 들던 아이가 반에 한 명쯤은 있었을 것이다. 그래, 내가 바로 그런 아이였다. 게다가 나에게는 최악의 순간에 갑자기 코피를 흘리는 불행한 버릇까지 있었다. 학생 수가 적은 것도 문제였다. 중학교 3년 내내 똑같은 24명의 아이들과 계속 붙어 있어야 하니, 한번 생긴 평판은 아무리 애써도 지울 수가 없었다.

외모를 바꾸면 상황이 바뀔 줄 알았다. 내 텁수룩한 머리가 너무 촌스럽게 느껴졌다. 그래서 최신 유행 스타일로 바꾸기로 했다. 엄마에게 부탁해 동네 미용실에 들렀다. 그런데 이게 웬일인가! 미용사는 내 머리를 바가지 모양으로 만들어 버렸다. 덕분에 나는 '코코넛 머리'라는 새로운 별명을 얻었다. 누가 코코넛이라는 단어를 말하기만 해도 웃음소리가 뒤따랐다.

제이크는 이사를 갔다. 샘도 이사를 갔다. 로건은 내게 말을 걸지 않았다. 난 철저히 혼자였다. 게다가 내 성정체성 문제와도 직면해야 했다. 그 모든 신호들을 더는 무시할 수가 없었다. 나는 내가 동성애자라는 걸 알았다. 하지만 남들과 똑같은 척하자는 마음에는 변함이 없었다. 이 이상한 감정이 언젠가는 사라질지도 모른다는 희망을 아직 버리지 못하고 있었다.

내가 그런 선택을 한 데에는 여러 이유가 있었다. 첫째, 중학교에는 동성애를 혐오하는 은어가 깊숙이 박혀 있었다. 중학생들의 사전에서 '게이'라는 단어는 섬뜩하고 추하고 비겁한 것, 이 세상의 모든 재수 없는 것들과 동의어이다. 누군가가 멍청한 짓을 하면 "완전히 게이잖아."라는 말을 듣는다. 누군가가 소심하게 굴면 "인마, 게이 같은 짓 그만둬."라는 말을 듣는다. 누군가가 이상한 음악을 듣고 있다면, 그것은 "게이스러운" 짓이다.

이런 상황에서 열두 살의 내게 커밍아웃은 최선의 선택이 아니었다. 하지만 아무리 숨기려 애써도 아이들은 내가 동성애자라는 사실을 점점 더 명백하게 알아채기 시작했다. 그들에겐 이제 나를 비난하고 조롱할 완벽한 무기가 생긴 셈이었다.

7학년이 절반 정도 지났을 즈음에는 우리 가족과 테드 삼촌만이 나를 이성애자로 생각하고 있는 것 같았다. 나는 매일 학교를 마치고 집에 돌아오면 식탁에 앉아 수학과 과학의 세계에만 몰두하려고 애썼다. 고통을 속으로만 삼키고 있었다. 내 개인적인 문제들을 편하게 이야기할 수가 없었다. 나 자신조차 완전히 이해하지 못한 문제들이었기 때문이다.

테드 삼촌을 보면 그나마 숨통이 트이는 것 같았다. 삼촌은 언제나 긍정적인 분이었다. 내게 고민이 있다는 걸 눈치챘으면서도 털어놓으라고 강요하지 않으셨다. 대신에 내가 문제를 풀고 있으면 지켜보다가 고개를 절레절레 흔들며 물으셨다.

"어떻게 돼 가, 잭?"

"음, 제곱수 문제를 못 풀겠어요."

"이렇게 한번 해 봐."

삼촌은 이번에도 암산으로 쉽게 계산하는 법을 가르쳐 주셨다. 일일이 손으로 푸는 것보다 훨씬 더 편했다. 테드 삼촌은 끈기 있게 차근차근 문제 풀잇법을 설명해 주셨다.

"잭." 삼촌은 자리를 뜨기 전에 이렇게 말씀하셨다. "학교에서 무슨 일이 있든, 너 자신을 잃을 수 있는 상황이 오더라도 네가 누구인지 잊어서는 안 돼. 네가 허락하기 전까지는 그 누구도 널 함부로 건드릴 수 없어."

머지않아 삼촌의 조언을 시험해 볼 기회가 찾아왔다. 아무래도 반 아이들은 내가 자기들과 다르다는 걸 세상에 까발리기로 작정한 모양이었다. 음악 선생님이 와서 교실 문을 열기를 기다리고 있는데, 여덟아홉 명 정도 되는 아이들이 나를 둥글게 에워쌌다.

"요즘 어때, 또라이?" 잘나가는 패거리에 속한 한 아이가 큰 소리로 말했다.

그랬다. 그들은 내게 말하고 있었다. 내가 아니라면 누구겠는가. 못 들은 척하자 아이들의 목소리만 더 커졌다.

"뭐 하려고, 등신아? 울려고?"

나는 선생님이 안 오시나 두리번거렸다. 나를 괴롭히기로 작정한 아이들은 많은 사람들 앞에서 한바탕 쇼를 벌일 준비가 되어 있었다.

"앞으로 뭐가 되려고 그래, 등신아?"

이유 없는 공격이었다. 난 교실 밖에 조용히 서 있던 죄밖에 없었다. 내 얼굴이 홍당무가 되었다. 나는 미소 지으려 애썼다. 무슨 말을 해야 할지 몰라 그냥 입을 다물고 있었다. '선생님은 어디 계시지? 왜 안 오시는 거야!' 나는 고개를 숙인 채 기다렸다. 아이들은 그런 나를 더 바짝 죄어 왔다.

"울려고, 게이 새끼야?"

이젠 그들이 말을 뱉을 때마다 뜨거운 입김이 느껴질 정도였다. 나는 아이들의 눈을 피해 고개를 돌렸다. 정말이지 투명인간이 되고 싶었다. 구멍이라도 찾아 그 속으로 사라져 버리고 싶었다. 하지만 아이들의 목소리가 점점 더 빠르게 들려올 뿐이었다. '곧 선생님이 오실 거야. 조금만 참자.' 아이들이 내게 더 가까이 다가들었다. 한 남자아이가 날 밀었다. 세게. 나는 바닥으로 쓰러졌다. 내 책들이 날아갔다. 아니나 다를까, 하필 그때 코피가 터지고 말았다. 내 두 손, 책, 옷, 바닥에 피가 묻었다. 모든 아이들이 요란스레 웃음을 터뜨렸다.

"네가 그렇게 잘난 줄 아냐? 꼴 좀 봐라!"

한 아이의 조롱을 들으며 나는 유일한 은신처인 남자 화장실 장애인 칸으로 허둥지둥 달려갔다. 문을 걸어 잠그고 변기에 앉아 손으로 입을 막고 한참이나 울었다.

그 사건 이후 학교 전체에 내 정체가 까발려지고 나에 관한 소문이 쫙 퍼졌다. 나는 왕따가 되었고, 그 사실을 바꿀 수 있는 방법은 전혀 없었다. 나에게 적대적인 사람은 학생들만이 아니었다. 나를 탐탁지 않게 여기는 선생님들이나 학교 직원들도 있었다. 그들 중 다수는 아주 독실한 신앙인이었다. 그들의 세계관으로는 내 정체성을 용납할 수가 없었던 것이다. 그들은 동성연애가 그릇되고 비도덕적인 것이라고 생각했다. 내가 우러러봐야 할 실세들이 나의 본모습을 거부한 것이다. 그들의 눈에 난 그릇되고 비도덕적인 인간이었다.

하루는 수업 시간에 내가 실수를 하자 선생님이 무심코 이렇게 말씀하셨다.

"넌 뭐야? 게이야?"

단 세 단어였지만, 난 무참히 짓밟혔다. '게이인 것이 잘못일까? 내게 문제가 있는 걸까?' 지옥이라는 것이 있다면 나의 중학교 시절과 무척이나 닮았겠구나, 하는 생각이 들었다. 마침내 7학년이 끝났을 때 그제야 좀 숨이 쉬어지는 것 같았다.

방학이 되자 늘 그렇듯 테드 삼촌과 게를 잡으러 갔다. 통발들을 떨어뜨리고 바다로 꽤 많이 나갔을 때 삼촌이 학교생활에 대해 물어보셨다.

"좀 힘들었어요." 나는 아주 순화해서 말했다.

삼촌은 나를 꿰뚫어 보셨다.

"잭, 앞만 보고 가. 중학교 때는 힘들었어도 고등학생이 되면 괜찮아질 거야. 넌 앞으로 대단한 일을 할 아이니까. 내가 알아."

차가운 대답으로
돌아온 고백

8학년이 되기 전 여름방학 때도 수학 캠프에 참가할 예정이었다. 전해 여름에 그곳에서 보낸 멋진 시간을 떠올리니 얼른 비행기에 올라타 크라운스빌에서 최대한 멀리 떠나고 싶었다. 진짜 내 모습으로 있고 싶었다. 이번 캠프는 와이오밍 주에서 열렸다. 첫 주에 앤서니라는 남자아이를 만났는데, 똑똑하고 재미있고 관심사도 나와 같았다. 우리는 금세 친해졌지만, 둘째 주 즈음엔 앤서니를 향한 내 감정이 우정 이상으로 커지고 말았다. 나는 그 아이가 좋았다. 그 아이 역시 나를 좋아하는 것 같은 느낌이 들었다. 날 쳐다보는 눈길에 뭔가가 있었다.

파트너가 된 그 아이와 함께 수학 문제를 푸는 것이 그렇게 즐거울 수가 없었다. 우리는 가장 빠른 방법을 찾아 문제들을 술술 풀어 나가면서 웃고 떠들었다. 어느 날 밤에는 소파에 함께 앉아 월드컵 중계를 봤는데, 내 마음 깊숙한 곳에서 긴장감이 점점 쌓여 갔다. 그 아이에게 내 감정을 전하고 싶었다. '앤서니는 마음이 넓고 다정한 아이야.' 이렇게 나 자신을 북돋웠다. 그 아이에게는 나의 본모습을 보여 줘도 괜찮을 것 같았다.

"앤서니."

"응?"

왠지 용기가 나지 않았다. 괜히 얘기했다가 엉망이 되어 버릴까 봐 무서웠다.

"아, 아무것도 아니야."

시간이 갈수록 앤서니에게 내 감정을 솔직하게 털어놔야 한다는 압박감이 점점 더 커졌다. '이렇게 소심하게 굴다가 인생 최고의 인연을 놓치면 어떡하지?' 수학 캠프가 끝나고 나면 다시는 그 아이를 못 볼지도 몰랐다.

마지막 날, 난 결심했다. '에라 모르겠다, 한번 해보지 뭐.' 캠프 전체가 깃발 뺏기 게임을 하고 있었다. 나는 앤서니와 함께 달리다가 말했다.

"잠깐만, 너한테 할 말 있어."

"뭔데?"

나는 지난 한 달 동안 느꼈던 감정을 모두 전하고 싶었다. 내가 어떤 사람인지 솔직히 알리고 싶었다. 하지만 선뜻 말이 나오지 않았다. 불편할 정도로 긴 침묵이 이어지자 앤서니는 어리둥절한 표정으로 나를 보았다.

"뭔데 그래?" 그가 나를 재촉했다.

지금 아니면 기회는 두 번 다시 없었다.

"나 게이야."

앤서니의 얼굴이 얼어붙었다. 주사위는 이미 던져졌고 다시 되돌릴 수도 없는 일, 나는 좀 더 용기를 냈다.

"그리고 네가 정말 멋져 보여."

"그렇구나."

앤서니는 이렇게 말하더니 한 발짝 물러섰다. 그러고는 몸을 휙 돌려 최대한 빨리 다른 방향으로 달아나 버렸다. 나는 웅크리고 앉아 두 손으로 얼굴을 가렸다.

앤서니는 다시는 내게 말을 걸지 않았다. 집으로 돌아오는 비행기 안에서 나는 눈이 퉁퉁 붓도록 울었다. 아무리 애써도 울음을 그칠 수가 없었다. 내가 지하실에서 실험만 하는 아이가 된 것이 아무도 나와 친구가 되어 주지 않아서가 아닐까, 하는 두려움이 싹트기 시작했다.

03

Breakthrough

How One Teen Innovator Is Changing the World

나는
나일 뿐

두 명의 나,
행복한 잭과 우울한 잭

수학 캠프에서 집으로 돌아온 후 압박감이 점점 더 심해졌다. 아무도 보고 싶지 않았다. 그 어디에도 가고 싶지 않았다. 그저 내 방에만 틀어박혀 있고 싶었다.

그러던 어느 날 아래층에서 엄마가 통화하시는 소리가 들리기에 계단통에 앉아서 대화를 엿들었다. 많이 듣지는 못했지만 심각한 내용이라는 건 알 수 있었다. 마치 기압이 치솟기라도 한 듯집 안에 흐르는 공기가 아주 무겁게 느껴졌다. 곧 나는 그 통화가 테드 삼촌에 관한 내용이라는 걸 알았다. 삼촌이 아프시다고 했다. 암에 걸렸다고…….

'테드 삼촌이? 암이라고?' 나는 그 말의 의미를 정확히 이해할 수 없었다. 조금 놀라기는 했지만, 당시 내가 내린 결론은 이 일을 감정적으로 받아들이거나 겁에 질려 허둥지둥할 이유가 없다는 것이었다. 물론 테드 삼촌이 안쓰럽기는 했다. 온갖 무시무시한 치료를 받아야 할 테니 말이다. 하지만 또 한편으로는 어쩐지 대수롭지 않게 여겨지기도 했다. '요즘엔 암에 걸리는 사람이 많잖아. 보통은 낫고. 다른 사람도 아니고 테드 삼촌인데! 보나 마나 곧 나으실 거야!'

엄마가 전화를 끊는 소리가 들리자 나는 아무렇지 않은 척 계단을 내려가 누구와 통화하셨느냐고 물었다.

"잭, 나가서 좀 걷자." 집 근처의 오솔길로 들어서며 엄마가 입을 여셨다. "테드 삼촌이셔. 많이 아프시대."

삼촌이 췌장암에 걸렸다고 했다.

"괜찮아지실까요?" 내가 물었다.

엄마는 주저하셨다. 냉정을 잃지 않으려고 애쓰시는 듯 눈빛이 흔들렸다.

"훌륭한 의사들이 삼촌을 치료해 주려고 최선을 다하고 있어."

산책을 마친 후 나는 내 방으로 가서 문을 닫고 이불을 뒤집어쓴 채 울었다. 당시에는 그 이유를 몰랐다. 그저 지친 것뿐이라고 속으로 중얼거렸다. 고민거리가 한두 개가 아니었으니까. 8학년이 곧 시작될 텐데 학교로 돌아가기가 두려웠다.

학교에 다시 나가기 전 한 가지 좋은 소식이 있었다. 로건에게 문자메시지가 왔는데, 6학년 때 내가 했던 얼간이 짓을 용서해 주겠다는 내용이었다. 예전처럼 친한 사이로 돌아간 건 아니었지만 적어도 어색함은 풀렸다. 그때의 내 처지를 생각하면 나를 미워하지 않는 누군가가 있다는 사실만으로도 기뻤던 것 같다.

8학년 때의 내 삶에 대해 간단히 얘기하자면, 두 명의 잭이 있었다. 우선, 내가 다른 사람들에게 보여 준 잭. 그 잭은 고민이 없었다. 행복했다. 늘 미소 짓고 있었고, 과학 경진대회에서 또다시 우승했으며, A 학점을 받았고, 스스로 나서서 쓰레기를 처리하기까지 했다.

내가 원하는 잭의 모습은 그랬다. 하지만 사실 나는 다른 인생을 살고 있었다. 환한 미소와 1등 트로피들 밑에는 매우 불행하고 어쩔 줄 몰라 쩔쩔매는 또 다른 잭이 있었다.

해결책이라고 찾은 것이 바로 과학이었다. 내가 왜 학교에서 왕따가 되었는지 그 이유를 발견하기만 하면 문제를 해결하고 다시 친구를 사귈 수 있을 거라 확신했다. 상황을 진단한 뒤 내린 결론은 내가 로건에게 했던 못된 짓이나 경진대회 수상에 대한 아이들의 시기심만이 문제가 아니라는 것이었다. 그보다 더 중요한 뭔가가 있었다. 진짜 문제는 내가 어떤 사람인가, 하는 것이었다. '내가 뭘 할 수 있지? 어떻게 하면 아이들과 잘 어울릴 수 있을까?'

이 고통을 계속 모른 체하다 보면 모든 문제가 마법처럼 풀리지는 않을까, 하는 생각도 들었다. 여기서 내 경험을 근거로 충고하자면, 마법에 의존한 계획은 경계하는 것이 좋다. 내 감정과 마주하지 않고 피하려고만 드니, 내 안의 고통을 해방시킬 방법이 없었다. 끔찍한 감정들을 계속 억누르고 발산하지 못해 압박감만 자꾸 커져 갔다. 어떻게든 변해야 했다. 변화가 절실했다. 나는 인기 있는 아이들이 어떻게 행동하는지 지켜보았다. 그들 대부분은 수업 시간에 손을 들거나 질문을 하지 않았다. 성적은 좋았지만 지나치게 열심히 노력하는 모습은 보이지 않으려 했다. 나는 먼저 과학과 수학을 좋아하는 사람이라는 평판부터 벗어 버리기로 마음 먹었다.

내 생각에 멋진 아이란 무심한 아이, 그 무엇에도 신경 쓰지 않는 아이인 것 같았다. 그래서 나는 그런 사람이 되었다. 아무것에도 관심을 갖지 않기로 한 것이다. 아니, 그러려고 노력했다. 내가 그저 재미로 과학과 수학을 공부한다는 사실을 절대 드러내지 않았다. 그 대신 다른 곳으로 눈을 돌렸다. 바로 비디오 게임이었다!

'얼간이 같은 괴짜들이나 학교에서 열심히 공부하는 거잖아? 월드 오브 워크래프트나 하자! 끝나면 한 번 더 하자! 그리고 한 번 더…… 한 번 더!' 평소에 이런 식으로 행동하거나 말했고, 수업 시간에 선생님이 방정식 문제를 내면 마치 아무것도 모르는 양 굴었다. 손을 들거나 선생님과 눈을 마주치지도 않았다. 선생님이 내 이름을 불러도 그냥 어깨를 한번 으쓱하고는 딴청을 부렸다. 하지만 몇 주가 지나도 아이들은 여전히 날 받아들여 주지 않았다. 무심한 척하는 연기로는 문제를 해결할 수 없음이 분명해졌다. 상황을 다시 점검하고 새로운 해결책을 궁리할 시간이 온 것 같았다. '아이들한테 인정받는 최고의 방법이 있지. 나도 걔들과 똑같이 하는 거야!'

그랬다. 나도 이제 남에게 상처 주는 짓을 서슴지 않기로 한 것이다. 먼저 아이들이 쓰는 말투를 흉내 내어 조금이라도 이상하거나 싫은 건 무조건 '게이'라고 불렀다. 한때 내게 크나큰 상처를 주었던 말들을 여리디여린 아이에게 던지며 거짓 미소를 지었다.

표적은 찾기 쉬웠다. 그 아이의 이름은 앤드리스였고, 어쩌면 나보다 더 적응을 못 한 학생이었을지도 모른다. 앤드리스는 엉뚱한 아이였다. 수업 시간에 교실 뒤쪽에서 아주 이상한 소리를 냈다. 가끔은 코를 후빈 뒤 코딱지를 살펴보기도 했다.

새로운 가면을 쓴 나는 앤드리스의 과학 경진대회 출품작을 비웃는 것으로 공격을 시작했다. 그것은 우리 학교에서 최악의 욕이었다.

"정말 끝내준다."

내 말투를 들으면 대번에 비꼬는 말임을 알았을 것이다. 그런 다음 나는 그의 성정체성을 공격했다.

"게이 같기는!"

"완전히 게이잖아!"

"게이잖아, 게이-게이-게이, 게이!"

앤드리스가 실제로 게이인지 아닌지 난 몰랐다. 그건 큰 문제가 되지 않았다. 하지만 동시에 내가 놀려 대고 있는 그 아이뿐만 아니라 나 자신까지 배신하는 듯한 기분이 들었다. 더는 떨어질 데가 없다고 생각했던 바로 그때, 나 자신을 거부해 버리면서 더 깊은 구렁으로 떨어지고 만 것이다.

내 안에서는 사람들과 어울리지 못하는 데서 온 소외감이 점점 더 극단으로 치달으며 비관적인 생각만 쌓여 갔다. 압박감은 계속 커져만 갔다. 8학년 중반 즈음에는 완벽한 변신에 성공한 것처럼 느껴졌다. 여름마다 가족과 함께 강에서 나뭇가지를 가지고 놀던 행복한 꼬마 잭은 사라지고, 혼란에 빠져 음침한 표정으로 모자를 푹 눌러쓴 채 주머니에 두 손을 찔러 넣고 다니는 아이가 그 자리를 대신했다. 나를 둘러싼 세상은 점점 더 작아지고 어두워져 갔다. 혼자 있으면 눈물이 났다. 다른 사람들 앞에서는 미소 지었지만 울고 싶었다. 그래도 남 앞에서보다는 혼자 우는 편이 훨씬 더 나았다.

그사이 테드 삼촌이 1차 화학 치료를 받으셨다. 나는 쾌유를 비는 카드를 가지고 병문안을 갔다. 무슨 말을 해야 할지 몰라 어색한 분위기 속에서 그 카드를 삼촌에게 건넸다. 그러자 삼촌은 고맙다고 말씀하셨다. 나는 침대 끝에 앉았다. 삼촌은 예전과 다름없어 보였다. 마지막으로 봤을 때와 마찬가지로 갈색 머리칼이 점점 줄어들고 있는 건장하고 다부진 사내였다. 하지만 우리가 나누는 대화는 달랐다. 무척이나 부자연스럽게 느껴졌다. 삼촌은 아무 문제 없다는 듯 평소처럼 행동하려 애쓰셨다.

"췌장암이 정확히 뭐예요? 삼촌은 언제 나으시는 거예요?"

삼촌은 그 얘기를 하기가 싫은지 계속 화제를 바꾸셨다. 그리고 나 역시, 모든 것이 뒤틀려 버린 듯한 내 일상에 대해 얘기하고 싶지 않았다. 그날 우리 둘 사이엔 이야깃거리가 그리 많지 않았다.

용기 있는 커밍아웃
"나는 동성애자야!"

8학년 동안 나를 향한 조롱은 점점 더 심해졌다. 학교에 있는 매 순간 엄한 감시를 받는 듯한 기분이었다. 항상 긴장 상태에 있었다. 무슨 말만 하면 누군가가 욕을 하며 달려들 것 같았다.

'등신아.'

'괴물.'

'잭, 네까짓 게 뭘 하겠어, 뭘!'

늘 따라다니는 마음속 목소리가 날 괴롭혔다. 나는 유일하게 날 저버리지 않는 것에 의지하기로 했다. 바로 인터넷이었다. '왕따'를 검색해 봤더니 2,500만 건 이상의 결과가 나왔다. 안타깝게도 도움이 되는 것은 그리 많지 않았다. 부모들이 자녀의 왕따 문제를 해결할 수 있도록 도와주겠다는 정부 운영의 한 사이트에 들어가 보니, 대부분의 조언이 우스꽝스러울 정도로 현실과 동떨어져 있었다. 예를 들면 다음과 같은 요령이 소개되어 있었다. "'그만둬.'라고 단도직입적으로 단호하게 말하세요. 어른들이나 다른 무리의 아이들 근처에 있으세요." 또 다른 사이트는 "괴롭히는 아이가 곧 제풀에 지칠 거예요."라고 했다. "괴롭히는 아이를 침착하게 외면하기가 힘들면 유머를 사용해 보세요. 그 아이도 더는 나쁜 짓을 하지 못할 거예요."라는 조언도 있었다. 심지어

"허심탄회하게 얘기를 나누고 서로 이해할 수 있는 자리를 만들어 보세요."라고 제안하는 사이트까지 있었다.

'그만두라고 말하라고? 농담을 던져 보라고? 외면하라고? 어른들 옆에 있으라고? 그러죠 뭐. 그런 다음 다 같이 손에 손 잡고 화합의 노래만 부르면 만사 해결되겠죠!' 나는 빈정이 상했다. 혹시나 남 괴롭히기 좋아하는 녀석들이 작당해서 제대로 곯려 먹으려고 이 사이트를 만든 건 아닌가 하는 의심까지 들었다. 온라인에서 발견한 수많은 조언들의 결론은 다음과 같았다. '누가 날 괴롭히든 그 사람에게 더 열심히 맞춰 줘라. 그러면 왕따당하지 않을 수 있다.' 하지만 실제로 미움을 받아 본 사람이라면 아무리 농담을 해도, 아무리 상황을 외면하고 무시해도 문제가 해결되지 않는다는 사실을 알 것이다.

모든 것에 진저리가 났다. 내 정체성을 바꿀 순 없었다. 동성을 사랑한다는 건 추한 신발 한 켤레를 갖고 있는 것과 다르다. 자기 자신이 인간으로서 수치스럽게 느껴지면 이 세상 전체가 나를 품어 주지 않는 낯선 곳처럼 보이기 시작한다. 뭘 하든 기분이 좋아질 수 없다. 실제로 그랬다. 내 본모습을 숨긴다고 해서 사람들을 속일 순 없었다. 내가 당했던 것처럼 딴 아이에게 못되게 구는 전략은 특히 나쁜 방식이었다. 차라리 나의 성정체성을 밝히는 편이 낫겠다는 생각이 들었다.

수학 캠프에서 거부당하며 느꼈던 끔찍한 기분은 잊기로 했다.

다른 누군가에게 내 감정을 고백한 것이니 지금과는 상황이 다르다고 자신을 다독였다. 내가 어떤 사람인지 모두에게 솔직히 보여 주면 가벼운 놀림을 받다가 결국에는 괜찮아질 거라고 생각했다. 어쩌면 그저 필사적인 마음이었을 것이다. 모르겠다. 그 어두웠던 날들에 대한 기억은 그리 선명하게 남아 있지 않다. 어쨌든 난 결심했다. 내가 동성애자임을 밝히기로 말이다.

나는 긍정적으로 생각하려 애썼다. 텔레비전이나 영화에서 봤듯이 내 커밍아웃이 극적이고도 뿌듯한 순간이 되기를 기대했다. 게이인 아이가 용기를 내서 영웅처럼 당당히 자신의 성정체성을 밝히는 그런 장면들 있지 않은가. 학교 댄스파티에서 최고 인기남으로 뽑힌 남학생이 소감을 발표하는 자리에서 자기가 게이임을 밝힌다. 그래도 문제가 되진 않는다. 모두가 표를 던졌던 바로 그 사람이니까! 학생들이 당황스러운 표정으로 서로를 쳐다보는 찰나의 순간이 지나고, 여기저기서 박수 소리가 조금씩 들리기 시작하다가 갑자기 뜨거운 갈채가 쏟아진다. 친구들은 방금 커밍아웃한 게이 인기남을 어깨에 태우고 경쾌한 노래에 맞춰 문으로 향한다. 관객들은 장밋빛 미래를 예감한다! 하지만 실제로 그런 일은 벌어지지 않았다. 거창한 발표도 없었다. 아이들 앞에서 직접 밝히지도 않았다. 잭 안드라카의 커밍아웃은 문자메시지를 통해 발표되었다. 그랬다. 나는 문자메시지를 통해 커밍아웃을 했다. 하하하! 나는 로건에게 메시지를 보냈다. 단도직입적으로 요점만 전했다.

"나 게이야."

전송 버튼을 누르기 전이 가장 극적인 순간이었다. 정말 힘들었다. 그런데 로건은 내 문자를 받고는 전혀 놀라지 않았다. 이미 알고 있었던 것처럼 굴었다. 오히려 내가 진실을 말해 준 것을 마냥 기뻐했다.

'잘됐다!' 어쩌면 일이 잘 풀릴지도 모른다. 나는 로건에게 이 사실을 다른 아이들에게도 전해 달라고 부탁했다. 고맙게도 로건은 내 부탁을 들어 주었다. 문자가 전송되자마자 나는 약간의 안도감과 큰 두려움을 느꼈다. '친구들은 뭐라고 할까? 선생님들은 뭐라고 하실까?' 이 방법이 잘 통하기를 빌며 기다렸다.

그러나 다음 날 학교에 갔더니 모든 학생들이 나의 성정체성에 대해 떠들어 대고 있었다. 내 기대대로 아이들과 선생님들을 설득하기는커녕 오히려 더욱 확실한 표적이 되고 말았다.

이제 나를 무시하는 사람은 학생들만이 아니었다. 내 소식이 교무실에 쫙 알려진 후 몇몇 선생님들은 내게 말을 걸지 않았다. 아이들이 내 존재를 인정해 주는 것은 나를 새로운 이름으로 부를 때뿐이었다.

"게이 새끼."

사람들은 나를 이렇게 불렀다. 보통은 내 뒤에서, 가끔은 내 얼굴에 대고. 지금 생각해 보면 어느 쪽이든 똑같이 기분 나빴던 것 같다. 하지만 그런 욕만큼이나 나빴던 건 복도를 걸어갈 때마다 곁눈으로 보이던 경멸에 찬 표정들이었다.

학교의 운동선수들이 최악이었다. 나는 가능한 한 그들을 피해 다녔지만, 매주 체육 시간이 되면 또 한 차례 괴롭힘을 당할 수밖에 없었다.

"잭, 넌 왜 게이냐?" 한 아이가 물었다.

"넌 왜 그렇게 수학을 못하는데?" 난 이렇게 어설프게 대꾸한 뒤 대화가 끝났다는 신호로 고개를 돌렸지만 효과는 없었다.

"얻어맞은 게이 얘기는 들어 봤냐?" 그 아이는 즐거운 듯 눈을 빛내며 물었다.

나는 못 들은 척했다. 하지만 그 아이가 무슨 얘기를 하고 있는지는 알았다. 게이라는 이유로 마구 얻어맞은 젊은 남자의 이야기를 가지고 토론한 적이 있었다. 그 남자는 얼마나 심하게 맞았는지 병원에 입원까지 해야 했다. 범인은 잡히지 않았다.

"다음은 네 차례다!" 그 녀석이 소리쳤다.

'이 세상에 내가 있을 곳은 없구나.' 테드 삼촌이 보고 싶은 마음이 간절했다. 삼촌은 연초부터 입원 중이셨다. 나는 가능한 한 자주 삼촌을 보고 싶었지만 어쩌다 보니 몇 주나 못 보고 지나가 버렸다. 이젠 내 고민을 털어놓을 시간이 된 것 같았다. 테드 삼촌만큼 날 올바른 길로 인도해 줄 사람도 없었다. 삼촌은 언제나 답을 알고 계셨다.

그 길로 병원을 찾았다. 그러나 병실에 들어서자마자 몰라보게 달라진 삼촌의 모습에 깜짝 놀랐다. 마지막으로 본 지 4~5주밖에 지나지 않았는데, 삼촌은 그간 스무 살은 더 먹은 것처럼 보였다. 머리칼은 다 사라져 버리고, 몸은 마르고 창백했다.

"안녕하세요, 테드 삼촌."

"왔구나, 잭."

삼촌은 과학 경진대회에 어떤 프로젝트를 출품할 거냐고 물으셨고, 나는 박테리아를 이용하여 수질오염을 탐지하는 방법을 연구한 내 프로젝트에 대해 이야기했다. 내 짐작대로 삼촌은 마음에 들어 하셨다. 애초 계획과 달리 학교에서 겪고 있는 문제는 입밖에 내지 않았다. 그럴 수밖에 없었다. 안 그래도 힘든 삼촌에게 또 다른 걱정거리를 안겨 드리고 싶지 않았다. 병실을 나오기 전에 나는 삼촌을 안아 드렸다. 삼촌의 몸은 뼈만 앙상하게 남은 듯했다. 어깨뼈가 등을 찌르는 것이 느껴질 정도였다.

"잭." 삼촌이 내 귓가에 속삭이셨다. "난 네가 정말 자랑스럽단다."

"다음 주에 또 올게요."

그날 병실에서 본 삼촌은 내가 아는 테드 삼촌과 달랐다. 삼촌은 그렇게 약한 사람이 아니었다. 나는 이 모든 정황을 무시했다. 그저 그날따라 삼촌의 상태가 좋지 않았던 것뿐이라 여기고 크게 마음을 쓰지 않았다.

언제나 내 편이 되어주는
소중한 가족

동성애자라는 아주 개인적인 사실을 밝히고 나니 마치 내 알몸을 세상에 드러낸 듯한 기분이 들었다. 숨을 곳이라곤 없었다. 앞으로는 가면을 쓸 수도 없었다. 이제 모두가 알아 버렸다. 우리 가족만 빼고. 악명을 떨친 그 문자메시지를 보내고 며칠이 지난 후 학교에서 돌아와 보니 엄마가 현관에서 나를 기다리고 계셨다. 엄마가 문 앞에서 기다리고 있다는 건 우리 집에서 결코 좋은 신호가 아니다.

"잭, 산책 좀 하지 않을래?"

이 말은 엄마가 중요한 용건이 있다는 뜻이다. 내게 물어보는 건 그저 형식에 지나지 않았다. 실은 질문이 아니었다. 명령이었다.

나는 고개를 끄덕이고 책가방을 내려놓은 뒤 엄마를 따라 숲길로 들어섰다. 엄마는 곧장 본론으로 들어가셨다. 반 친구 중 한 명이 내가 게이라는 소리를 듣고 자기 부모님한테 알린 것이었다. 그리고 그 부모가 엄마에게 전화를 해서 소문이 사실이냐고 물었다. 엄마는 내게 직접 사실을 확인하고 싶어 하셨다.

"잭, 그게 사실이니? 너 게이야?"

내가 거짓말을 하면 엄마는 단번에 알아채신다. 온몸이 얼어붙는 기분이었다. 엄마와 눈을 마주칠 힘조차 없었다. 마음 놓고 볼 수 있는 곳이라곤 땅뿐이었다.

'진실을 알고 나면 엄마는 어떻게 생각하실까?' 나는 한 발짝, 한 발짝 힘겹게 앞으로 걸음을 옮겼다. '네, 엄마! 맞아요! 나 게이예요!' 하지만 실제로 말이 나오지는 않았다.

"잭, 난 밤새도록 걸을 수 있어. 대답해 봐."

엄마의 말이 허풍이 아니라는 걸 알고 있었다. 엄마는 고집이 대단하신 분이다. 나는 패배감에 젖었다. 최악이었다. 난 아이들에게 농담거리가 되었고, 친구라고는 한 명도 없었다. 이제는 더 잃을 것이 없었다. 그래서 엄마에게 말했다.

"네." 나는 작은 소리로 대답했다. 예상과 달리 엄마는 충격을 받거나 실망한 기색 없이 말씀하셨다.

"그것 때문에 계속 고민했어?"

나는 계속 땅을 내려다보고 있었다. 이파리들과 돌들. 돌들과 이파리들…….

"잭, 우린 상관없어. 그것도 네 일부잖아. 엄만 널 사랑해."

그리고 그것으로 끝이었다. 대수로운 일이 아니었다. 난 엄마의 아들이었다. 엄마의 관심사는 오로지 나의 행복이었다.

엄마의 말을 들은 후에도 난 별로 놀라지 않았다. 엄마의 생각은 신경 쓰지 말자고, 내가 게이라는 사실을 받아들이든 말든 상관없다고 오래전부터 나 자신을 세뇌해 왔기 때문이다. 하지만 큰 착각이었다. 엄마의 인정이 내겐 중요한 문제였다. 좀 더 일찍 말할걸, 하는 생각도 들었다. 어쩌면 엄마에게 도움을 받을 수 있었을지도 모른다.

아직 끝난 것이 아니었다. 아빠라는 또 다른 산도 넘어야 했다. 집으로 돌아온 후 나는 곧장 내 방으로 갔다. 아빠가 집에 오셨을 때 아래층에 있고 싶지 않았다. 누구도 보고 싶지 않았다. 몇 시간 후 아빠 차가 차도로 들어오는 소리가 들리자 심장이 밖으로 튀어나올 것 같았다. 그 소리는 피할 수 없는 일이 곧 닥칠 것임을 알리는 신호였다. 먼저 차 문이 열리고, 이어서 현관문이 열렸다. 아버지가 계단을 올라오실 때 나는 발자국 수를 하나하나 세었다. 얼른 책 한 권을 들고 읽는 척했다. 아빠가 문을 똑똑 두드리셨다.

"들어오세요." 나는 평소처럼 말했다.

물론 엄마가 아빠에게 이미 다 말씀하신 상태였다. 그래서 적어도 그 대화는 할 필요가 없었다. 아빠는 내 침대에 앉으시더니 내게 책을 내려놓으라고 부탁하셨다.

"잭, 나 좀 봐. 사랑한다, 잭. 앞으로도 넌 내 아들일 테고, 앞으로도 난 널 사랑할 거야."

엄마처럼 아빠도 내가 게이라는 사실에 속상해하지 않으셨다. 아빠가 원하시는 것 역시 나의 행복이었다. 그리고 그런 아빠의 진심이 느껴졌다.

"나도 알아요."

아빠의 응원을 바란 적은 한 번도 없었지만, 막상 받고 보니 세상을 다 얻은 듯한 기분이었다.

하지만 형은 달랐다. 내가 부모님에게 사실을 털어놓은 후 며칠 동안 우리는 거의 대화를 하지 않았다. 형은 그간의 일을 분명 알고 있었다. 형이 바쁘다는 걸 알고 있었기 때문에 처음엔 별로 걱정하지 않았다. 하지만 다시 형과 말을 섞자마자 뭔가가 달라졌다는 걸 눈치챘다. 분위기가 예전과 달랐다. 그전부터 형은 무슨 일에서건 나를 잘 골려 먹었다. 형들이 보통 그렇듯이. 그런데 이젠 형의 공격에 왠지 날이 서 있는 것 같았다. 형은 게이 동생을 태연히 받아들일 수 없었던 것이다. 그 사실이 내게는 큰 상처가 되었다. 반 아이들과 선생님들도 문제긴 했지만, 난 언제나 형을 존경했다. 형에게 사실을 알려서 내 마음이 편해지는 것보다, 제대로 이해받는 것이 훨씬 더 중요했다.

하루는 형에게 큰 상처를 받은 후 내 방으로 뛰어 올라갔다. 우는 모습을 형에게 보이고 싶지 않았다. 비참하고 막막했다.

엄마는 내 기분을 풀어 주려 애쓰셨지만, 항상 성공한 것은 아니었다. 어느 날 치과 대기실에 앉아 있을 때 엄마가 내게 더 강해지라고 말씀하셨다.

"사람들이 널 대하는 태도가 달라질지도 모르니까 각오하고 있어야 해."

"그게 무슨 뜻이에요?" 내가 물었다.

"그러니까, 어떤 부모들은 자기 아이가 너랑 같이 밤새 노는 걸 꺼릴지도 몰라. 그래도 걱정하지 마. 무슨 일이 생기든 이겨 내면 되니까."

제이크와 샘이 이사 간 후로는 밤새도록 같이 놀 친구도 없었지만, 앞으로 생길 거라는 기대도 없었다. 나는 게이라는 사실이 알려진 뒤 내 인생에서 일어날 수 있는 모든 변화들에 대해 생각하기 시작했다.

중학교 생활이 막바지에 이르렀을 땐 어쩌면 평생 진정한 친구 하나 없이 살게 될지도 모른다는 생각이 들었다. 내가 얼마나 큰 고통을 느끼고 있는지 남에게 들키고 싶지 않아서 '난 동성애자고 잘났어.'라는 듯 밝은 모습을 연기하고 다녔다.

나는 언제나 내 탈출구가 되어 주는 과학과 수학의 세계에 푹 파묻혔다. 이성애자인 척하는 연기를 그만둔 후로는 과학을 좋아하지 않는 척하는 것도 그만두었다. 실험을 할 때는 내 본모습을 숨길 필요도, 다른 사람들의 시선을 걱정할 필요도 없었다. 그 안전한 공간에서는 오로지 내 아이디어와 실행만이 중요했다.

그러나 아무리 많은 우승 트로피를 받아도 매일같이 느끼는 무시무시한 고통은 덜어지지 않았다. 커밍아웃을 한 후 내게 더 잘해 주는 여자아이들도 있었지만, 남자아이들은 사정이 달랐다. 내게 한순간의 평화도 주지 않으려고 혈안이 되어 있었다. 그리고 그 시도는 실제로 성공을 거두었다.

"요즘 어때, 게이 새끼야? 또 화장실로 달려가서 울래, 잭?"

"호모들이 어떻게 되는지 알지?"

언젠가는 중학교를 졸업할 날이 올 거라고 속으로 되뇌었다. 그날만을 손꼽아 기다렸다.

테드 삼촌의 죽음과
마음속 어둠

중학교 졸업을 앞둔 어느 날 오후, 집에 돌아와 보니 또 엄마가 문 앞에서 나를 기다리고 계셨다. 엄마의 눈에 눈물이 고여 있었다.

"잭, 좀 앉아 봐. 할 말이 있어."

테드 삼촌에 관한 일이었다. 삼촌이 세상을 떠나셨다고 했다. 나는 멍해져서 눈물도 나지 않았다. 예상하지 못한 일은 아니었지만 충격적이었다. 테드 삼촌은 여섯 달 동안 췌장암과 싸우셨고, 아주 심하게 아프셨다. 그런데도 난 내가 믿고 싶은 대로 믿어 버렸다. 삼촌이 어떻게든 나으실 거라고…….

가슴이 무너져 내렸다. 그리고 다음 순간, 마치 내 인생을 멀리서 들여다보고 있는 듯한 느낌이 들었다. 의문들이 꼬리에 꼬리를 물고 이어졌지만, 잘만 풀리던 방정식과 달리 그 답들은 내 손이 닿지 않는 저 멀리에 있는 것 같았다. '왜 하필이면 테드 삼촌이지? 이 모든 일이 왜 그리도 빨리 벌어졌을까?'

삼촌이 얼마나 고생하시는지는 나도 알고 있었지만, 그 모습은 예전과 별반 다르지 않았다. 언제나 긍정적이었고 훌륭한 조언을 해 주셨다. 나에게는 삼촌과 제대로 된 작별 인사를 나눌 기회조차 없었다. 삼촌에게 하고 싶은 이야기가 정말 많았는데 이젠 너무 늦어 버렸다. '어떻게 이런 일이 일어날 수 있지?'

그제야 나는 삼촌의 투병에 관한 전모를 전해 들었다. 진단이 너무 늦었다. 늦어도 너무 늦었다. 삼촌이 병에 대해 알았을 땐 암세포가 이미 퍼진 상태였다. 그래서 종양 제거 수술을 할 수도 없었다. 그 시점부터 모두가 마음의 준비를 하고 있었다. 나만 빼고 말이다. 이제 삼촌은 이 세상에 없다. 나는 침대에 앉아 이 모든 일을 이해해 보려 애썼다.

'왜 이런 일이 벌어졌을까?'

'난 이제 어떡하지?'

'왜 이렇게 끔찍한 일들이 계속 일어나는 걸까?'

이젠 내가 의지할 수 있는 확고한 그 무엇도, 중심을 다시 찾도록 도와줄 안정적인 그 무엇도 없는 것 같았다. 모든 것이 빨리 변하고 있었다. 테드 삼촌과의 행복한 추억을 떠올릴 때마다 췌장암이 내게서 앗아 가 버린 미래도 함께 떠올랐다. 괴로웠다. 이 생에서 우리가 마지막으로 함께할 수 있는 순간은 삼촌의 장례식뿐이었다.

장례식 날이 왔을 때, 내 감정은 휑하니 비어 있었다. 난 울지 않았다. 친구들과 가족들이 돌아가면서 삼촌이 얼마나 용감하게 투병하셨는지 이야기하고, 삼촌에 관한 재미있는 일화를 전하는 동안 나는 흐리멍덩한 상태로 앉아 있었다. 내 몸을 제대로 통제할 수가 없었다. 마치 조문객석에서 관으로 걸어가는 조그마한 잭 안드라카를 저 멀리서 지켜보고 있는 것 같은 기분이었다. 한 시간 정도 차를 타고 집까지 가는 동안에도 사람들이 무슨 얘기를 했는지 기억이 나지 않았다. 멍하니 창밖을 바라보며 언제쯤이면 이 끝없는 악몽에서 깨어날 수 있을까 생각했다.

학교로 돌아가자마자 악몽은 다시 시작되었다. 테드 삼촌이 돌아가시고 나서 며칠 후 수업 시간에 어떤 교회에 관한 글을 읽었다. 그 교회의 신도들은 전국 곳곳을 돌아다니며 동성애자들의 장례식에서 항의 시위를 벌인다고 했다. 고인이 된 동성애자가 지옥으로 떨어졌다는 내용의 피켓을 들고서 사랑하는 이를 잃고 슬퍼하는 사람들을 마구 괴롭힌다는 것이었다. 나는 종이에 적힌 글을 뚫어져라 보며 읽고 또 읽었다. 이해가 되지 않았다. '어떻게 이런 짓을…… 대체 왜!'

우울증에 걸려 보지 않은 사람은 이해하지 못할 것이다. 마치

절망이라는 큼직한 담요를 뒤집어쓰고 있는 것 같은 기분이었다. 아무리 몸부림쳐도 떨쳐 버릴 수 없는 무거운 담요. 너무 우울해서 그것을 떨치고 일어나 다시 행복해지고 싶은 마음 조차도 들지 않았다. 희망이라곤 보이지 않았고, 미래가 암담하게만 느껴졌다. 내가 진짜 어떤 사람인지도 이젠 확신이 서지 않았다.

테드 삼촌의 죽음, 사람들의 비난, 무조건적인 거부, 오랫동안 숨겨 온 성정체성을 밝힌 과정에 이르기까지 이 모든 것이 내가 감당하기에는 버거웠다. 선택지를 모두 소진해 버린 것만 같았다. 그랬다. 다 끝난 것이다.

나는 화장실에 다녀오겠다고 하고는 교실에서 나왔다. 익숙한 칸으로 들어가서 문을 잠갔다. 내 몸에 해코지를 하고 싶었다. 주위에 칼 같은 날카로운 것이 없었기에 연필을 꺾어 그 끝으로 손목을 찌르기 시작했다. 찌르고 또 찔렀다. 더, 더 찌르라고 날 몰아세웠다. '더 깊이, 더 깊이 찔러!' 더 큰 고통을 느끼고 싶었다. 더 많은 피를 보고 싶었다. 다 끝내 버리라고 나 자신을 부추겼다. 난 진실 게임에서도 언제나 벌칙을 선택하는 사람이었다. 그리고 이젠 모든 것을 끝내 버리는 벌칙을 스스로에게 내리고 있었다. 죽음은 두렵지 않았다. 오히려 마음이 편안했다. 필요한 만큼 찌른다면 이 모든 것에서 벗어날 수 있겠지. 그야말로 내가 진정으로 바라는 것이었다.

모든 것이 흐릿해져 갔다. 점차 감각이 사라지면서 묘한 무의

식 상태에 접어들었다. 하지만 얼마 뒤, 자살할 수 없다는 걸 깨달았다. 부러진 연필은 그리 날카롭지 않았다. 나는 화장실에서 나왔다. 복도에 있던 로건과 또 다른 친구가 내 손목의 핏자국을 보고는 곧장 학생 지도실로 갔다. 잠시 후 나는 상담 선생님들에게 둘러싸였다.

그다음으로 기억나는 건 부모님이 학교에 오셨다는 것이다.

그 후의 일은 온통 암흑이다.

04

Breakthrough
How One Teen Innovator Is Changing the World

새로운
목표

남들의 시선보단
네 자신이 더 중요해!

어설픈 자살 시도 후 선생님은 우리 부모님에게 연락하여 내가 전문가의 도움을 받기 전까지는 다시 학교에 나올 수 없다고 통보했다. 당혹스러움과 두려움에 빠진 부모님은 나를 이 구렁텅이에서 구해 주는 데 전력을 다하기로 마음먹으셨다.

부모님은 지역의 한 LGBTQ 레즈비언, 게이, 양성애자, 트랜스젠더, 퀴어 모임을 찾아내셨다. 비슷한 경험을 한 다른 십대들과 얘기를 나누면 도움이 될 거라고 생각하셨지만, 가 보니 십대는 나 혼자였다. 나는 내가 누구이고 어떤 문제를 겪고 있는지 전혀 모르는 어떤 아저씨와 대화를 나누었다. 어색하고 불편한 자리에서는 치유를 받기가 어려운 법이다. 솔직히 말하면 나는 그 문제에 관해 이야기하는 것이 지긋지긋했다. 무슨 말을 해야 할지도 알 수 없었다.

'테드 삼촌이라면 무슨 말씀을 하실까?' 삼촌은 내가 그냥 내동댕이치려 했던 시간을 조금이라도 더 얻기 위해 그토록 힘겹게 싸우셨다. 만약 삼촌이 내 곁에 있다면 나의 다음 프로젝트에 대해 물으셨을 거라는 생각이 들었다.

나는 사랑하는 과학에 다시 심취했다. 과학 경진대회가 또다시 다가오고 있었고, 새로운 아이디어를 연구 중이었다. 7학년 때의 프로젝트를 조금 더 발전시켜, 금속 산화물이 특정 형태의 해양

생물에 끼치는 영향을 조사하는 작업에 착수했다. 독성이 아주 강한 금속 산화물은 우리가 샤워할 때마다 하수도로 흘러 들어가는 선탠로션 같은 일상적인 가정용품들에도 함유되어 있기 때문에 간과할 수 없는 문제이다. 나는 구체적으로 금속 산화물이 민물 플랑크톤인 물벼룩과 해양 박테리아인 발광박테리아에 미치는 영향을 연구했다. 내 연구 결과에 따르면, 금속 산화물은 해양과 민물에서 서로 다른 반응을 나타낸다. 금속 산화물이 주변 환경과 상호 작용하는 방식을 이해한다면 좀 더 수월하게 피해를 예방할 수 있을 것이다.

하지만 내가 제대로 경쟁이나 할 수 있을까? 요주의 인물, 하자 있는 괴짜로 찍혀 평생을 살아야 하는 건 아닐까? 이젠 어떤 답도 찾을 수 없게 되어 버린 난 이 의문의 답도 알 수 없었다. 분명한 건 나를 무겁게 내리누르고 있는 이 우울함을 떨쳐 버리지 못한다면 과학 경진대회도 참가하지 못하고, 개울에서 뛰어놀지도 못하고, 급류 타기도 하지 못하고, 결국 아무것도 하지 못할 거라는 사실이었다.

다시 빠지고 싶은 것이 과학만은 아니었다. 카약 타기나 급류 래프팅을 마지막으로 한 것이 언제인지 기억도 나지 않았다. 탐험하고 싶은 강들이 무척이나 많았다. 예전부터 그랜드캐니언에서 꼭 카약을 타 보고 싶었다. 과연 그럴 수 있을까?

한 가지 위안은 형이 달라지기 시작했다는 것이었다. 형이 좋아하는 라크로스 코치님 덕분이었다. 형이 내 성정체성에 대해 안 좋게 얘기하는 걸 어쩌다 들으신 코치님은 형을 따로 불러 대학교 시절에 동성애자인 룸메이트와 겪었던 일을 들려주셨다. 처음엔 코치님도 형과 같은 생각을 하셨다고 한다.

'동성애자랑 가까이 지내면 사람들이 날 어떻게 생각할까? 난 어떻게 행동해야 하지?' 그러나 그런 선입견과는 상관없이, 함께 지내면 지낼수록 그 친구 역시 자신과 똑같은 인간이라는 사실을 깨닫기 시작했다. 그것도 아주 멋진 인간. 코치님과 그 룸메이트는 평생 친구가 되었다고 한다. 코치님과 허심탄회한 대화를 나눈 후 형은 서서히 날 다시 받아들이기 시작했다. 내가 게이라는 사실을 알기 전처럼 나를 골려 먹었다. 이상하게도 형의 이런 태도가 나를 편안하게 만들어 주었다.

또한 나는 천만다행으로 과학 경진대회에 참가할 수 있는 자격을 얻었다. 정말 다행이었다. 대회에 참가하지 못하면 8학년 과정을 다시 밟아야 할 판이었다. 무슨 일이 있어도 그런 사태만은 피하고 싶었다. 내 출품작인 〈금속 산화물의 독성이 발광박테리아와 물벼룩에 미치는 영향에 관한 비교 연구〉가 1등에 당선되었다. 나는 3년 연속으로 종합 우승을 했다. 대단한 성과였고, 활짝 웃어야 마땅했다. 겉으로는 간신히 미소를 짓고 있었다. 이때쯤 난 사람들이 내게 기대하는 감정을 연기하는 데 선수가 되어 있었다.

8학년의 마지막 며칠을 어찌어찌 보낸 후 마지막 날 학교에서 걸어 나오며 얼마나 큰 안도감을 느꼈는지 모른다. 다시 돌아가고 싶은 마음은 전혀 없었다.

여름방학이 시작되자 이번에도 수학 캠프가 기다리고 있었다. 딱히 기대가 되지는 않았다. 7학년을 마치고 참가한 캠프에서 앤서니에게 내 정체성을 밝혔다가 큰 낭패를 봤던 씁쓸한 기억이 아직도 지워지지 않고 있었다.

그래도 난 긍정적으로 생각하기로 했다. 지난 2년 동안 가장 친한 친구 두 명이 먼 곳으로 이사를 갔고, 학교 아이들에게 왕따와 모욕을 당했고, 동성애자임을 밝혔고, 자살을 시도했고, 세상에서 가장 가깝게 느꼈던 사람을 잃었다. 더 나빠질 것도 없으니 이젠 좋아질 일만 남았겠지. 이번 캠프는 6학년 여름방학 때 행복한 추억을 많이 남긴 콜로라도 주에서 다시 열렸다. 좋은 신호였다.

캠프 첫날, 짐이라는 지도원을 만났다. 똑똑한 남자였고, 나는 그의 밝고 편안한 말투가 마음에 들었다. 그는 아무 고민도 없는 사람처럼 보였다. 캠프 첫 주에 현장학습 후 버스를 타고 돌아가는 길에 짐이 동성애자라는 소리를 얼핏 들었다. 믿기지 않았다. 나와 달리 짐은 남들과 잘 어울리고 심적 갈등도 전혀 없는 것 같았다. 어떻게 그럴 수 있을까? 그의 비결을 알고 싶었다. 내 방으로 돌아오자마자 편지지 두 장에 속마음을 다 털어놓았다. 지금까지 겪었던 힘든 일들을 이야기했다. 내 성정체성을 숨겼던 일, 앤서니와의 일, 화장실에서 연필로 자살을 시도했던 일 등등……. 나는 주변에 사람이 아무도 없다는 걸 확인하고 짐의 방으로 가서 문 밑으로 편지를 밀어 넣었다. 며칠 후 짐이 나를 따로 불렀다.

"네 편지 읽었어." 그는 걱정스러운 표정으로 말했다. "얘기 좀 하자."

짐은 자신의 사연을 들려주었다. 그도 나와 똑같은 전쟁을 치렀다고 했다. 나처럼 친구들과 가족들에게 커밍아웃을 했고, 사람들의 증오를 이겨 냈다. 짐은 내가 겪었던 일을 본질적으로, 그리고 개인적으로 이해해 준 첫 번째 사람이었다. 하지만 그는 그저 자신의 과거를 들려주는 데서 더 나아가 중요한 역할을 해 주었다. 내게 미래에 대한 희망을 심어 준 것이다. 짐을 보고 있으니 나도 그런 미래를 가질 수 있을 거라는 생각이 들었다. 더 중요한 건 내게도 그럴 자격이 있다는 자신감을 얻은 것이다.

"잘 들어, 잭. 넌 똑똑한 아이야. 결국엔 다 잘될 거야."

짐은 복잡한 수학 문제를 쉽게 설명할 줄 알았고, 제멋대로인 십대들 사이에서도 냉정함을 잃지 않는 남자였다. 나는 다 잘될 거라는 그의 말을 믿었다. 우리 두 사람은 밤늦게까지 이야기를 나누었다.

캠프의 마지막 몇 주는 금세 지나갔다. 마지막 날, 캠프에 참여한 친구들과 함께 마지막 모험을 하기로 했다. 우리는 우르르 차에 타고 파이크스 피크*로 올라갔다. 차가 높이 올라갈수록 내려다볼 엄두가 나지 않았다. 얼마나 높은지 한여름인데도 길에 얼음과 눈이 남아 있었다. 4.3킬로미터 높이의 산꼭대기에 이르자마자 우리는 차에서 뛰어내려 바위와 나무 뒤에 자리를 잡고 한바탕 눈싸움을 벌였다. 질퍽질퍽한 눈에 흠뻑 젖고 소리를 지르며 웃느라 목이 쉰 우리는 근처의 도넛 가게로 갔다. 그리고 물을 뚝뚝 떨어뜨리며 부스에 앉아 핫초코와 도넛을 먹었다. 친구들과 함께 창밖으로 주변을 에워싸고 있는 산봉우리들을 내려다보았다. 오랜만에 편안함을 느꼈다.

그날 밤엔 새로 사귄 친구들과 한참이나 작별 인사를 나누었다. 공항으로 떠나기 전에 짐이 내게 다가왔다. 그리고 한 가지 조언을 더 해 주었다.

"내가 어떻게 이겨 냈는지, 내 얘기를 너한테 많이 해 줬지만 이제부터는 네 손에 달렸어. 누구에게나 각자의 길이 있고, 그 길이 어디로 이어질지 결정할 수 있는 사람은 오직 너뿐이야."

짐과 이야기를 나누면서 나는 꼭 나 자신을 바꾸어야 할 필요는 없다는 사실을 완전히 이해했다. 남들에게 잘 보이기 위해 내가 아닌 다른 사람인 척 연기하는 것을 그만두었다. 내게 잘못된 점이 전혀 없다는 사실을 받아들이고 나니, 나를 미워하는 사람

---

* 미국 콜로라도 주 로키 산맥에 있는 산봉우리.

들을 이전까지와는 다르게 대할 수 있었다. 그들을 그냥 무시해 버릴 수 있었다.

문득 해결책을 찾겠다고 인터넷을 검색하던 날이 떠올랐다. 그 중에는 괴롭히는 사람들을 무시하라는 조언도 있었지만, 난 그 말을 실천할 수 없었다. 당시의 내 심리 상태로는 컴퓨터 공학의 아버지이자 내가 좋아하는 과학자인 앨런 튜링 Alan Turing이 무덤에 서 나와 조언을 해 주었다 해도 과연 받아들였을지 의문이다.

하지만 그들 말이 맞다. 날 비난하는 사람들은 무시해 버리면 그만이다. 진짜 어려운 일은 다른 사람들에게 휘둘리지 않고 나 의 자아를 지켜 내는 것이다. 내가 게이이기 때문에 차별 대우를 받아도 싸다는 생각 따윈 버려야 한다.

지금도 가끔 힘들 때가 있다. 특히 가족 모임에서 종종 어색해 지는 순간들이 있다. 친척들 중에는 종교관 때문에 나의 성정체 성을 용납하지 못하는 사람들이 있다. 솔직히 말하자면 우리는 그 얘기를 입 밖에 내지 않는다. 나는 그들의 입장을 알고 있고, 그들은 내가 어떤 사람인지 알고 있기 때문이다. 우리는 진정으 로 서로를 존중하고 아끼기 때문에 그 문제를 건드리지 않는다. 지금 이대로가 나는 좋다.

테드 삼촌을 죽음으로
몰아넣은 병의 정체

메릴랜드 주로 돌아온 후 마주해야 할 문제가 또 하나 남아 있었다. 테드 삼촌의 죽음. 아직 완전히는 깨닫지 못했지만, 삼촌의 죽음을 맞았을 때 텅 비어 버린 내 마음에 이젠 묵직한 고통이 들어앉아 있었다. 마치 꼼짝하지 않는 커다란 바위처럼. 무엇보다 왜 삼촌이 돌아가셨는지, 왜 내가 삼촌을 잃어야 했는지 알고 싶었다. 그때 문득 이런 생각이 들었다.

'어쩌면, 정말 어쩌면, 췌장암 치료법을 찾을 수 있지 않을까?' 내가 조금 더 나이가 많고 그래서 현실을 알았다면 그런 생각을 그냥 웃어넘겼을 것이다. 이미 시도한 사람들이 한둘이 아니었을 테니까. 그들 대부분은 이름난 대학교의 휘황찬란한 박사 학위까지 따고 나와 달리 성인영화도 보러 갈 수 있는 일류 과학자들이었다.

마음 한편에서 좀 더 철들고 성숙한 자아는 이런 생각을 터무니없다고 여겼지만, 다른 한편에서 철없고 무모한 자아가 그를 눌러 버렸다. 어린 혈기인지, 아니면 못 말리는 어리석음 때문인지 몰라도 난 단호했다. 나만 이렇게 생각하고 있다는 게 문제였지만 말이다. 내 목표를 말씀드리자 아빠가 제일 처음 하신 말씀은 이랬다.

"잭, 좀 황당무계한 생각 아니냐?"

부모님은 내가 어떤 아이디어에 빠지면 발만 살짝 담그는 것이 아니라 전투적으로 임한다는 걸 알고 계셨다. 그래서 두 분 모두 내가 그런 불가능한 과제에, 그것도 수상 가능성이 낮은 프로젝트에 많은 시간을 쏟아붓는다고 하니 극구 반대하신 것이다. 안 그래도 힘든 일을 겪은 내가 암 연구 같은 무거운 문제에 뛰어드는 것을 탐탁지 않게 여기셨다. 부모님을 탓할 일도 아니었다. 하지만 두 분을 내 편으로 끌어들이지 못하면 곤란했다. 부모님의 허락이 꼭 필요했다. 사기 진작을 위해서라기보다는 현실적인 문제 때문이었다. 재료를 구하러 갈 때 부모님 차를 얻어 타고, 온라인으로 물건을 살 때 부모님의 신용카드를 써야 했다.

개인적으로는 이 프로젝트가 내게 꼭 맞는다고 생각했다. 난 슬픔을 배출할 통로를 찾고 있었고, 암은 치료법을 필요로 하고 있었다. 내가 과학 경진대회 발표를 준비하면서 배웠던 설득 요령을 총동원하고 황소고집을 부리자 부모님도 점점 지치셨다. 내 열의 때문이었는지, 아니면 허락하든 말든 내가 물러서지 않으리라는 걸 아셨는지 모르겠지만 어쨌든 두 분은 내 프로젝트를 지지해 주셨다.

이제 작업에 착수할 시간이었다. 지금까지 과학 경진대회를 경험하면서 깨달은 점이 하나 있었다. 바로 목표를 찾고 A 지점에서 B 지점까지 가기 위해 답해야 할 문제들을 파악하는 데서 출발해야 한다는 것이었다. 그 부분은 쉬웠다. 난 이미 내 목표를 알고 있었으니까.

췌장암에 도전장을 던진 나의 첫 번째 의문은 빤했다. '대체 췌장이란 게 뭘까?' 애초에 난 췌장이 뭔지도 모르고 있었다. 물론 그것이 내 몸 안에 있는 중요한 장기라는 것쯤은 알았지만 정확히 무슨 일을 하는지는 전혀 몰랐다. 하지만 프로젝트를 시작하는 데 필요한 모든 도구가 이미 내 손안에 있었기 때문에 두려울 것이 없었다. 그 도구란 바로 구글Google과 위키피디아wikipedia였다.

나는 먼저 검색창에 '췌장이란 무엇인가'라는 키워드를 입력하고, 제일 처음에 뜨는 검색 결과를 클릭해 보았다. 건강 문제를 다루는 인기 사이트에 '췌장이란 무엇인가?'라는 적절한 제목의 글이 실려 있었다.

알고 보니 췌장은 우리 몸에서 수많은 책임을 떠맡고 있는 아주 멋진 기관이었다. 위 뒤쪽의 깊숙한 곳에 자리 잡은 췌장은 약 25센티미터 길이에 물고기 모양을 하고 있는 해면질이며, 음식의 분해를 돕는 중요한 효소와 호르몬들을 분비한다. 췌장이 없으면 우리는 섭취한 음식을 생존에 필요한 영양소로 전환하지 못한다.

췌장이 하는 대단한 일이 한 가지 더 있다. 췌장은 인슐린이라는 호르몬을 생산하고 혈류 속으로 분비하여 몸의 혈당치를 조절할 수 있게 해 준다. 나는 우리 몸에 두 가지 종류의 분비샘이 있다는 사실도 처음 알았다. 외분비샘은 화학반응의 속도를 높이고 지방과 단백질을 분해하며, 내분비샘은 혈당량의 균형을 맞추어 주는 인슐린 같은 호르몬들을 만든다. 내분비샘이 제대로 작동하지 않으면 당뇨병이 생긴다. 완전히 이해하기에는 정보의 양이 무척 많았다. 하지만 이제 췌장이 무엇인지 알았으니 다음 질문으로 넘어갈 차례였다. '췌장암이란 무엇인가?'

가장 먼저 알게 된 사실은 췌장암에 당한 위인이 테드 삼촌뿐만이 아니라는 것이었다. 애플의 창립자인 스티브 잡스Steve Jobs를 비롯한 수많은 사람들이 췌장암이라는 치명적인 암에 걸려 목숨을 잃었다. 췌장암은 배우 패트릭 스웨이지Patrick Swayze 와 존 크로퍼드Joan Crawford, 인류학자 마거릿 미드Margaret Mead, 유명한 성악가 루치아노 파바로티Luciano Pavarotti의 삶도 앗아 갔다.

검색 결과를 조금 더 살피다 보니 한 기사에 걱정스러운 추세가 소개되어 있었다. 지난 10년 동안 다른 많은 암들은 발생률이 낮아졌지만, 췌장암 발병률은 꾸준히 증가해 왔다. 미국 암 학회American Cancer Society 는 2014년 미국에서 4만 6,420명의 새로운 췌장암 환자가 생기고, 3만 9,590명이 췌장암으로 사망할 것이라고 추산했다.

우리가 살면서 췌장암에 걸릴 확률은 약 1.3퍼센트이며, 남성과 여성의 발병률은 거의 같다. 췌장의 세포들이 통제 불능 상태가 되어 제멋대로 날뛰면 췌장암에 걸리게 된다. 세포들은 건강하고 정상적인 조직이 되지 못하고 계속 분열하여 종양이라는 조직 덩어리를 형성한다.

췌장암이 뭔지는 알았으니 이젠 그 원인을 캐 봐야 했다. 나는 존스 홉킨스 병원의 웹 사이트로 연결되는 링크를 발견했다. 세계 최고의 병원이 만든 사이트니만큼 믿을 수 있을 것 같았다. 인터넷에서 얻는 정보의 질은 그 출처에 달려 있다. 나는 그 사이트를 클릭해 보았다.

존스 홉킨스 사이트에 따르면, 의사들과 과학자들은 췌장암의 원인을 크게 두 가지로 보고 있었다. 그중 한 이론은 부모에게 물려받은 유전자 손상 혹은 변성이 시간이 지나면서 췌장의 심한 응축을 야기한다는 것이었다. 하지만 췌장암이 유전병인지 아닌지 밝혀낸 사람은 아직 아무도 없는 것 같았다.

조사를 진행하면서 나는 각각의 유전자마다 두 개의 카피를 가지고 있으며, 아버지와 어머니로부터 하나씩 물려받는다는 사실을 알았다. 과학자들에 따르면, 유전으로 암에 걸리는 사람들은 보통 한쪽 부모로부터 변이 카피를, 다른 부모로부터 정상 카피를 물려받는다. 그들 중 일부는 나이가 들면 췌장의 세포에서 정상적인 카피가 손상된다. 그러면 그 세포는 두 개의 불량 카피를 갖게 되고, 결국엔 암세포로 자란다. 이 세포들은 째깍거리는 시한폭탄과도 같고, 일정 나이에 이르면 방아쇠가 당겨져 세포들이 돌연변이를 일으키기 시작한다.

췌장암은 치사율이 가장 높은 암으로 알려져 있다. 미국 암 학회에 따르면, 췌장암의 전 단계에서 1년 생존율은 20퍼센트, 5년 생존율은 겨우 6퍼센트밖에 되지 않는다. 이는 곧 췌장암을 진단받은 100명 가운데 6명만이 5년을 더 산다는 뜻이다. 설사 셈을 못 하는 사람이라도 이것이 얼마나 낮은 생존율인지 알 수 있을 것이다.

이 끔찍한 확률에 대해 읽고 나니 또 다른 의문이 생겼다. '그토록 과학이 진보하고 기술이 획기적으로 발전했는데도 왜 췌장암의 생존율은 더 오르지 않을까?'

해답은 타이밍을 놓쳤기 때문이다. 전체 췌장암의 85퍼센트가 뒤늦게 진단된다. 그때는 생존율이 2퍼센트도 되지 않는다. 이 시점에는 대개 종양이 다른 장기로 퍼진 이후라서 수술로 제거하는 것이 불가능하다. 그렇다면 왜 췌장암은 뒤늦게 발견될까? 췌장 안의 종양을 발견하는 것 자체가 어렵기 때문이다. 췌장은 다른 섬세한 장기들에 둘러싸여 몸 안 깊숙한 곳에 자리 잡고 있다. 밀도가 높은 조직들에 둘러싸여 있어 약물이 쉽게 침투하지 못하는 것도 불리하게 작용한다. 또 다른 문제는 검사 자체다. 60년 전의 검사법이 아직까지도 그대로 사용되고 있다. 현재의 검사법은 심하게 복잡하기도 하다. 췌장암에 걸릴 위험이 있는 환자의 피를 정밀 검사하려면, 병의 초기 지표를 측정할 수 있는 실험실로 보내야 한다.

문제는 그뿐만이 아니었다. 검사 비용이 보통 비싼 게 아니어서 한 번에 800달러나 들었다. 또 정확도도 낮아서 암을 발견하지 못하고 지나칠 확률이 30퍼센트에 달했다. 메이저리그 타자라면 30퍼센트만 놓치는 건 대단한 기록이다. 타율이 7할이라는 뜻이니까. 하지만 치명적인 암을 상대하면서 며칠 차이로 생사가 갈리는 상황이라면 그 수치는 심각하다.

이렇게 보면 췌장암의 가장 큰 문제는 치료가 아니라 발견이었다. 바로 그때 번뜩 떠오르는 생각이 있었다. 내가 찾아야 할 것은 췌장암 치료법이 아니다. 췌장암이 다른 장기로 퍼지기 전, 아직 치료가 가능할 때 발견할 수 있도록 더 나은 진단법을 찾아야 한다. 테드 삼촌이 세상을 떠나신 후 의사들도 이렇게 말하지 않았던가.

"좀 더 빨리 발견하기만 했더라면……."

내게 새로운 임무가 생겼다. 나는 췌장암의 조기 진단법을 반드시 찾아내리라 마음먹었다.

췌장암 조기 진단법 연구의 시작

안타깝게도 그전에 먼저 할 일이 있었다. 고등학교 생활이 시작된 것이다. 노스 카운티 고등학교에 신입생으로 처음 등교한 날, 새로운 아이들을 만나 새로운 평판을 만들어 나갈 생각에 설레었지만 중학교 때의 일들이 반복될까 봐 불안하기도 했다.

첫날엔 고개를 숙인 채 교실을 조심스럽게 옮겨 다녔다. 거의 모든 아이들이 지난 8년 동안 같이 학교를 다녀서 이미 친한 사이였기 때문에 내게 말을 거는 사람은 한 명도 없었다. 앞으로의 생활을 판가름할 중요한 순간이 점심시간에 찾아올 거라는 불길한 예감에 오전 내내 안절부절못했다. 어느 자리에 앉느냐가 앞으로 이 학교에서의 생활에 지대한 영향을 미칠 것이 분명했다. 테이블을 잘 선택해서 앉으면 한 해 동안, 혹은 더 오랫동안 친하게 지낼 친구를 사귈 수 있다. 반면에 위험 요소도 있었다. 불량한 아이들이 앉아 있는 테이블에 식판을 내려놓는 실수를 저지른다면 그들에게 부정적인 첫인상을 남겨 앞으로 힘들어질 것이다. 4교시 종이 울리자 나는 휑뎅그렁한 식당으로 들어갔다. 그 엄청난 크기에 깜짝 놀랐다. 전에 다니던 학교의 식당보다 훨씬 더 넓었다. 나는 영화에 흔히 등장하는 아이가 되었다. 학생들로 가득 찬 식당 안을 두리번거리면서 안전하게 식사할 만한 곳을 찾으며 초조한 듯 두 손으로 식판을 꽉 잡고 있는 아이 말이다.

나는 무리 지어 있는 패거리들을 하나하나 살피며 필사적으로 안전한 은신처를 찾았다. 왼편에는 운동선수들이 앉아 있었다. 중학교 때 봤던 아이들이었다. 저긴 절대 안 되겠고. 오른쪽에는 명품 옷을 입은 아이들이 앉아 있었다. 내가 상대하기에는 너무 세

련된 아이들이었다. 게다가 그들 옆에는 빈자리도 없었다. 이러면 곤란했다. 진짜 괴짜처럼 가만히 서서 한참이나 빤히 쳐다보는 것도 위험한 짓이었다. 재빨리 이리저리 움직여야 했다.

그러다가 식당 안쪽에 앉아 있는 한 무리의 여자아이들을 발견했다. 책을 훌훌 넘겨보고 있었는데, 괜찮은 아이들 같았다. 편한 옷차림에 부드러운 미소를 띠고 있는 모습이 마음에 들었다. 그리고 그 테이블에 빈자리가 있었다. 나는 그쪽으로 걸어가 바로 식판을 털썩 내려놓지 않고 먼저 말을 걸었다.

"안녕, 여기 앉아도 될까?"

"그럼." 한 여자아이가 친절한 표정으로 답했다. "난 클로이라고 해."

클로이. 나의 구세주! 점심시간이 끝날 때까지 난 말없이 앉아 조용히 식사를 했다. 입을 다물고 있으면 말실수를 할 일도 없었다. 그리고 난 그 순간을 즐기고 있었다. 어쨌거나 중학교 때 점심시간을 보냈던 남자 화장실의 장애인 칸에 비하면 이곳은 한 단계 발전한 거니까.

학교 밖에선 프로젝트에 열을 올렸다. 췌장암 조기 진단법을 찾는다는 새로운 목표가 생겼기 때문에 과학적 기준, 즉 연구 규칙을 세워야 했다. 내 경우엔 췌장암을 효과적으로 진단하는 데 필요한 이상적인 검사에 대한 아이디어가 필요했다.

저렴하고 빠르면서 간단한 검사법이 아니면 아무 소용이 없다는 결론이 나왔다. 내가 만들어 낼 검사법은 초기에 암을 발견할 수 있을 만큼 정밀하고, 환자의 몸에 칼을 대는 것을 최소화하여 고통을 줄여야 했다. 탄탄한 계획이 필요했다. 과학 분야에서 이론을 비롯한 모든 지식에 반드시 따라야 할 능력이 하나 있다. 반증이나 시험, 즉 진위 여부의 증명을 예측할 줄 아는 능력이다. 예측이 얼마나 구체적이냐에 따라 이론의 유용성이 결정된다.

먼저 췌장암이 자신의 존재를 알리기 위해 우리 몸에 남기는 단서들을 찾아야 했다. 많은 조사 끝에 〈퍼블릭 라이브러리 오브 사이언스Public Library of Science〉라는 대중적인 과학 잡지에서 훌륭한 논문을 발견했다. 거기에는 췌장암 환자들에게서 공통적으로 발견되는 단백질들에 관한 데이터베이스가 실려 있었다.

왜 단백질이 중요할까? 그 답은 인터넷으로 검색할 필요가 없었다. 괴로운 시간들이 많긴 했지만, 나는 중학교 생물 시간에 단백질에 관한 모든 것을 배웠다. 세포 안에서 대부분의 일을 도맡아 하는 단백질은 인체의 세포조직 및 장기들의 구성·기능·조절에 필요한 요소이다. 단백질은 우리의 몸속 어디에나 있다. 인체의 20퍼센트를 구성하며, 거의 모든 생리적 과정에서 결정적인 역할을 한다. 또한 단백질은 수백, 수천 개의 아미노산이라는 더 작은 단위들이 기다란 사슬처럼 서로 붙어 있는 크고 복잡한 분자이다. 서로 결합하여 단백질을 만들 수 있는 아미노산에는 스무 가지 유형이 있으며, 아미노산의 배열 순서가 각 단백질의 특정한 기능과 고유한 삼차원 구조를 결정한다.

우리 몸에 있는 모든 단백질들은 저마다 특정한 이유와 목적, 그리고 독특한 사연을 가지고 있다. 또한 질병을 예측해 주는 훌륭한 변수로서, 모든 암에서 환자가 증상을 느끼기도 전 초기 단계에 모습을 드러낸다. 작은 단백질 하나가 다른 장기로 퍼지기 전 치료가 가능할 때 암을 발견하는 열쇠가 될 수 있었다. 내가 찾아야 하는 것은 췌장암 초기 단계에 나타나는 단백질이었다.

나는 단백질에 관한 데이터베이스를 찾아다니기 시작했다. 여기서 벽에 부딪쳤다. 검사해야 할 단백질이 10여 가지, 20여 가지 정도가 아니었다. 무려 8,000가지였다! 그 수많은 단백질들 가운데 하나를 찾아야 했다! 그러려면 각각의 단백질을 구체적으로 연구하고 검사해야 했다.

100년이 걸릴지도 모르는 일인데 난 이미 14년을 허비했다! 다시 컴퓨터에 의지해 조사를 계속해 나갔다. 그동안 내 몸에서 아드레날린이 솟구쳤다. 포기하지만 않는다면 그 8,000가지 단백질 가운데서 해답을 찾을 수 있으리라. 수많은 생명을 구할지도 모르고, 어쩌면 테드 삼촌의 목숨을 구할 수도 있었을 생체 지표를 말이다.

내가 과연 성공할지는 알 수 없었다. 하지만 한 가지는 확실했다. 내 연구는 이제 막 시작되었다.

05

Breakthrough
How One Teen Innovator Is Changing the World

**"언제나 환자들을
생각해!"**

마음속 깊이 새긴
테드 삼촌의 조언

테드 삼촌과 게잡이를 하지 않은 채 9월을 그냥 보내려니 기분이 이상했다. 가끔은 나도 모르게 생각에 잠겨 창밖을 내다보곤 했다. 삼촌의 파란색 고물차가 우리 집 차도로 휙 들어올 것만 같았다. 계단을 쏜살같이 달려 내려가 현관문을 쾅 닫고 삼촌 옆자리에 훌쩍 올라탄 뒤 통발에 지저분한 미끼를 다는 내 모습이 눈에 선했다. 미끼로 가끔 닭 목을 쓰곤 했는데 정말 역겨웠다.

어떤 때는 삼촌이 췌장암 진단을 받은 후 처음으로 병문안을 갔던 날이 떠올랐다. 삼촌은 자신의 병이나 미래에 대해 이야기하고 싶지 않은 눈치였다. 아마도 앞으로 어떻게 될지 알고 계셨던 모양이다. 대신에 삼촌은 나의 미래에 관심이 많으셨다. 특히 내가 연구 중인 프로젝트들에 대해 자주 물으셨다. 한번은 더 효과적으로 물을 정화하는 방법을 찾고 있다고 말씀드렸더니 힘들거나 난관에 봉착했을 땐 내 연구에 영향을 받을 사람들, 그리고 내 연구가 이룰 수 있는 긍정적인 일들에만 집중하라고 하셨다.

"어떤 상황에서든 네 연구에 영향을 받을 사람들을 절대 잊지 마." 삼촌이 말씀하셨다. "환자들을 생각해."

이 충고는 지금도 기념비처럼 내 마음에 생생하게 박혀 있다.

'환자들을 생각해.'

췌장암 진단법을 개발하는 험난한 전쟁에 뛰어들게 된 계기가 비단 삼촌의 죽음만은 아니었다. 마음에 여운을 남긴 이 말 역시 내 연구의 목표가 나 하나만을 위한 것이 아님을 뚜렷이 일깨워 주었다.

테드 삼촌이 돌아가신 후 몇 달 동안 나는 강한 의지로 연구에 매진했다. 췌장암 조기 진단법을 꼭 찾아낼 테야, 그 무엇도 날 막을 수 없어, 라는 심정이었다.

연구 작업은 지루했고, 오랜 노력이 과연 결실을 맺을 수 있을지도 알 수 없었다. 수천 개의 단백질을 꼼꼼히 살피면서 차이점을 찾고, 매번 여러 개의 질문에 답해야 했다. 먼저, 단백질이 하향 조절* 되는지, 아니면 상향 조절** 되는지 알아내야 했다. 내게 필요한 것은 감지하기가 더 쉬운 상향 조절 단백질이었다. 해당 단백질이 다른 모든 병에 민감하게 반응하는지, 아니면 췌장암에만 반응하는지 밝혀내야 했다.

가끔은 온라인에서 찾은 연구 결과를 참고하여 몇 분 만에 특정 단백질을 제외할 수 있었다. 하지만 내가 참고할 만한 찾을 수 있는 연구가 없거나 아주 조금인 경우에는 한 단백질을 배제하는 데 몇 시간, 심지어는 며칠이 걸리기도 했다! 연구를 끝까지 마무리 지으려면 많은 시간뿐만 아니라 인내심도 필요했다. 눈을 감을

---

* 세포가 외부 변화에 반응하여 감소하는 것.
** 세포가 증가하는 것.

때마다 8,000개의 단백질이 계속 아른거리는 상황에서 무엇보다 인내심을 발휘할 수 있어야 했다. 단백질들이 웃고 괴상한 춤을 추며 나를 비웃었다.

다른 무엇보다도 날 정말 미치게 만든 것은 잘못된 단서들이었다. 며칠마다 한 번씩 드디어 그 단백질을 찾았다고 생각되는 순간이 있었다. 모든 기준에 들어맞고, 모든 검사를 통과하는 것처럼 보였는데, 몇 시간을 거기에 쏟아부은 후 마지막 검사를 시행하기 직전에 희망이 무너져 내리는 것이었다.

단백질들을 하나하나 검사하느라 연구가 꾸준하지만 느리게 진행되자 나는 점차 지치기 시작했다. 몇 시간이고 계속 모니터를 뚫어져라 봐야 했으니 그리 놀라운 일도 아니다. 밖에서 노는 걸 좋아하는 내가 온종일 컴퓨터에 매여 있자니 가끔은 고문당하는 기분이 들었다. 어쩌다 마주치면 형은 자기 친구들과 재미있게 놀았던 얘기를 계속 떠들어 댔다. 그런 얘기를 듣기만 해도 힘들었다.

"카약 타고 가다가 뭘 봤는지 아냐, 잭! 흑곰을 봤다니까!"

나는 한 번도 흑곰을 본 적이 없었다. 자랑 좀 그만해, 재수 없으니까 노스 카운티 고등학교에서의 생활도 그리 도움이 되지는 않았다. 중학교 때보다는 나아졌을지 몰라도 난 여전히 조금 소심했고, 반 아이들이 얼간이들일 수도 있다는 사실을 머지않아 깨달았다. 학기 초의 어느 날, 스페인어 선생님이 교실을 돌아다니며 학생들에게

127

여름방학 동안 무엇을 배웠느냐고 물어보셨다. 나는 편하게 이야기할 수 있겠구나 싶어 손을 높이 들었다.

선생님이 내 이름을 부르셨고, 나는 여름에 수학 캠프에서 배운 놀라운 것들을 얘기하기 시작했다. 한동안 내 얘기에 취해 있느라 거의 모든 아이들이 폭소를 터뜨린 것을 눈치채지 못했다. 얼굴이 화끈거렸다. 또 시작이구나. '어서 울어, 잭! 그럼 아이들이 4년 동안 널 놀릴 거리가 생길 거야!' 눈물이 터지려 하기 직전, 위엄 있고 성난 목소리가 웃음소리 사이로 들렸다.

"잭은 우리 학교에 새로 온 애야. 그리고 배우는 걸 좋아한다고 그렇게 비웃어야겠어?" 그 목소리가 이렇게 말했다. "철 좀 들어라, 애들아."

믿기지 않는 일이 벌어졌다! 웃음소리가 멈췄다. 나는 고개를 들고 주위를 둘러보았다. 날 구해 준 사람은 선생님이 아니었다. 클로이 딕스였다. 등교 첫날 점심시간에 식당에서 옆자리에 앉게 해 줬던 그 여자아이. 바로 그 순간 우리는 친구가 되었다.

그 후로는 학교생활이 더 편해졌다. 점심시간에 클로이와 그녀의 친구들 사이에 함께 앉았고 대화도 나누었다. 똑똑한 클로이는 내가 연구하고 있는 프로젝트에 대해 듣고 싶어 했다. 하지만 최적의 단백질을 찾는 작업에 집중할수록 학교생활은 점점 내게 의미가 없어졌다. 다른 문제들에 더 신경이 쓰였다. 포기하지 않고 단백질들을 하나하나 들여다보면 언젠가는 하루에 100명을 구할 수도 있을 거라고 속으로 계속 되새겼다.

십대 과학자가 극복해야 할
열악한 환경들

학교가 유일한 방해물이었으면 좋았을 텐데, 자금 부족도 이미 한계에 다다른 내 인내심을 시험하고 있었다. 연구를 시작하고 나서 얼마 지나지 않아, 인터넷의 모든 정보가 공짜는 아니라는 사실을 알았다. 안타깝게도 연구의 진행을 위해 꼭 필요한 글들은 대부분 유료였다.

뛰어난 과학 연구는 대부분 과학 잡지에 발표된다. 이 논문들은 과학계 최고 중의 최고들이 쓴 것이다. 문제는 이 풍부한 정보를 과학자들만 접할 수 있다는 것이다. 과학자가 아니라면 구독료를 내야 한다. 과학 잡지에 실린 논문 하나 보는 데 약 35달러가 든다.

나는 난처해졌다. 내겐 돈이 한 푼도 없었고, 부모님이 초과근무를 할 수 있는 시간도 한정되어 있었다. 하지만 내 연구를 계속해 나가려면 그 잡지들에 실린 정보가 꼭 필요했다. 나는 이 논문들을 손에 넣기 위해서 온갖 수단과 방법을 다 동원할 생각이었다.

첫째, 가난한 십대들이 보통 하듯이 불법 복제를 시도해 보았다. 하지만 난 확실히 그쪽으론 소질이 없었다. 어설픈 해킹 시도는 곧 실패로 돌아갔다.

이번에는 논문을 쓴 교수와 박사들에게 직접 이메일을 보내 연구 내용을 볼 수 있게 해 달라고 사정해 보기로 했다. 아이의 부탁을 거절할 사람이 있을까 싶었다. 그러나 현실은 내 생각과 달랐다. 일부는 자기에게 저작권이 없어서 멋대로 논문을 시중에 유포할 수 없다는 내용의 답장을 보내왔다. 나머지는 나를 아예 무시해 버렸다.

나는 부모님에게 돈을 구걸해 보기로 했다. 다행히도 해킹 실력보단 부모님에게 구걸하는 실력이 훨씬 더 좋았다. 우리 부모님이 덜 관대한 분들이셨다면, 췌장암 조기 진단법을 찾고자 하는 내 노력은 그때 바로 끝장나 버렸을 것이다. 하지만 부모님이 나의 고단수 날강도 짓을 허락해 주신 후에도 논문들과의 전쟁은 험난하기만 했다.

가끔은 힘들게 논문을 샀는데 막상 파일을 열어 보면 내 연구와 아무런 관계도 없을 때가 있었다. 알다시피 환불은 꿈도 꿀 수 없었다. 어떤 때는 적절한 논문을 겨우 찾고 나서도 무슨 말인지 이해를 못해서 몇 시간 동안 멍하니 모니터만 들여다보고 있었다. '누가 이런 걸 썼지? 다른 사람들이 못 읽게 하려고 일부러 이렇게 썼나?'라고 답답해하면서 말이다.

나는 논문들을 출력하기 시작했다. 컴퓨터를 켜 놓고, 이해가 안 되는 단어나 표현들이 나오면 온라인 사전으로 재빨리 찾아보았다.

heterozygous.

'hetero'는 다르다는 뜻이다. 'zyg'는 결합이나 융합을 의미한다. 'ous'는 어떤 성질이나 특질을 가지고 있음을 뜻한다. 따라서 'heterozygous'는 어떤 유전형질에 서로 대립적인 두 유전자가 결합되어 있는 접합체를 의미한다.

한 단락을 읽는 데 30분이 걸리는 건 예사였다. 어떤 날은 그때까지 연구했던 모든 내용과 특히 컴퓨터를 가지고 뒷마당으로 나가 큰 모닥불을 피우고 싶은 강한 충동에 휩싸였다. 불쏘시개는 이미 충분히 있었다. '연소 촉매제들이 얼마나 빨리 컴퓨터 한 대를 태워 버릴 수 있는지, 새로운 실험을 해 보는 거야!' 모닥불 주위에서 춤을 추다가 지하실 겸 실험실로 내려가 컴퓨터를 사납게 부숴 버리는 내 모습이 눈에 선했다. 야구방망이로 실제 야구공을 치는 용도로는 끝내 사용할 수 없을 것 같았지만 이 끔찍한 프로젝트들을 신나게 때려부수는 것이다. '지하실에서 볼일을 마치고 나면 쿵쿵거리며 계단을 올라가 형 방으로 들어가서 형의 상패와 실험물들을 모조리 다 부숴 버려야지.' 이런 생각을 하면…… 속이…… 다…… 시원했다. 하지만 그런 일은 일어나지 않았다. 대신에 나는 그저 숨을 크게 한 번 쉬고 다시 작업으로 돌아갔다. 이해가 가는 부분에 표시를 해 가면서 계속 나아가다 보니 글의 의미가 점점 더 쉽게 다가오기 시작했다. 처음엔 맨땅에 헤딩하는 기분이었는데, 조금씩 조금씩 진전이 있었다. 오랜 시간 뚫어져라 보고 있으니 잡지에 실린 글들이 정말로 이해가 되기 시작했다. 논문을 이해할 수 있게 되자 연구에 가속도가 붙었다.

메소텔린의 발견,
연구의 돌파구를 찾다

10월 말 즈음에는 단백질의 개수를 8,000개에서 50개 정도로 줄힐 수 있었다. 물론 대단한 성과였지만, 끝난 게 아니었다. 50개 정도는 쉽게 처리할 수 있을 것 같겠지만, 그 단백질들은 보통의 단백질이 아니었다. 시간을 가장 많이 잡아먹는 골치 아픈 놈들이었다. 그것들과 관련된 연구가 거의 없다는 것이 가장 큰 이유였다.

최종 후보들을 반 정도 검사하고 나서 이성을 잃기 직전, 마침내 메소텔린mesothelin이라는 단백질을 만났다. 내 온라인 데이터베이스에 있는 모든 기준과 대조하며 점검표에 따라 그 단백질을 검토해 보았다. 메소텔린은 기준들을 계속 통과해 나갔다. 나는 숨을 죽였다. 헛된 희망을 품은 것도 여러 번, 결과를 확실히 알기 전까지는 섣불리 감격하지 말아야 한다는 교훈을 얻었다. 나는 더 많은 정보를 얻기 위해 연구 논문들을 계속 모았다.

'메소텔린은 상향 조절되는 단백질인가?'

'그렇다!'

'이 단백질은 어느 체액에서 수월하게 발견되는가?'

척수액 속에 있으면 안 된다. 요추천자 검사를 받아 본 사람에게 물어보면, 그 검사가 '수월함'이라는 내 기준에 들어맞지 않는다는 사실을 알 수 있을 것이다. 나는 혈액이나 소변 속에 있는 단백질을 찾고 있었다.

'메소텔린은 혈액 속에 있는가?'

'그렇다! 바로 이거야! 메소텔린!'

기다리고 기다리던 돌파구가 열린 것이다. 나는 펄쩍펄쩍 뛰면서 엄마를 소리쳐 부르기 시작했다.

"엄마, 엄마, 메소텔린이에요!"

"뭐?" 엄마는 당연히 어리둥절한 표정으로 이렇게 물으셨다. "뭐가 잘못되기라도 했니? 메소텔린이 누군데?"

"아니요, 생체 지표요. 내가 그걸 찾았어요. 그게 바로 메소텔린이에요."

"아! 네가 해낼 줄 알았어, 잭! 그럼 이제 검사법을 찾은 거니?" 이젠 엄마도 소리를 지르고 계셨다.

음…… 그건 아니었다. 하지만 일보 전진이었다. 그것도 엄청나게 큰 전진! 나는 췌장암, 난소암, 혹은 폐암에 걸린 사람의 혈액 속에서 메소텔린이 아주 높은 수치로 측정된다는 사실을 발견했다. 또한 연구 논문들에 따르면, 메소텔린은 암의 가장 초기 단계에 발견된다. 만약 그때 암을 발견한다면 생존율이 100퍼센트에 가깝다.

한 문제에 답을 하고 나면 새로운 의문이 생긴다. 과학에서는 흔히 일어나는 일이다. 인체에서 이 단백질을 어떻게 찾아내야 할까? 그 단백질을 찾아서 췌장암을 실제로 진단해 낼 수 없다면, 내 모든 발견과 수고는 현실적으로 아무런 쓸모도 없었다. 나는 다시 인터넷을 뒤져 메소텔린과 진단법에 대한 논문들을 찾아서 출력하기 시작했다. 그 일에 완전히 사로잡힌 나는 논문을 학교까지 가져가 수업 시간에 읽었다.

그러던 어느 여름날, 나는 단일벽 탄소 나노튜브에 대한 논문을 생물 수업에 몰래 들고 갔다. 지름이 우리 머리카락의 5만 분의 1밖에 되지 않고 굵기가 원자 하나만 한 단일벽 탄소 나노튜브는 기다랗고 얇은 관 형태의 탄소이다. 크기는 이렇게 극도로 작지만 굉장한 속성을 지니고 있다. 재료과학계의 슈퍼 히어로로 같은 존재이다.

수업 시간에 몰래 논문을 읽으려면 아주 조심해야 했다. 선생님은 내가 딴짓을 할 때마다 귀신같이 눈치를 채셨다. 뒤통수뿐만 아니라 머리 양옆에도 눈이 달리신 모양이었다.

내가 그 논문을 책상 밑으로 읽고 있을 때, 수업의 내용은 우리 몸속에 있는 흥미로운 분자인 항체에 대한 것이었다. 이 분자들은 특정 단백질에만 반응을 보이는 데다, 면역 체계가 바이러스와 박테리아를 물리칠 때 사용되기 때문에 그 가치가 아주 높다. 번뜩 이런 생각이 떠올랐다. '내가 읽고 있는 논문과 수업 내용을 결합한다면 어떨까?'

머릿속에서 모든 것이 하나로 합쳐지는 순간이었다. 나노튜브들에 항체를 섞는다면 오직 한 가지 단백질, 이 경우엔 메소텔린에만 반응하는 결합체가 만들어진다. 메소텔린이 항체에 반응하면, 면역 복합체라는 더 큰 분자가 형성된다. 이 거대한 분자는 가까이에 있는 나노튜브들을 분리시키며 형성되기 때문에 결합체가 퍼져 나가게 된다. 전선 다발에서 전선을 따로 분리하는 것과 비슷하다. 이런 현상이 벌어지면 인접한 나노튜브들 사이의 결합이 줄어들면서 전자들이 돌아다닐 수 있는 길 또한 줄어들어 전기저항이 높아진다! 따라서 나노튜브들의 전기적 특성이 변할 것이고, 그 변화는 측정 가능하다. 머릿속에서 이 모든 퍼즐 조각들이 맞춰지는 동안 난 소박한 기쁨을 느끼고 있었다.

그런데 그때 딱 걸리고 말았다! 한창 돌파구를 뚫어 나가고 있는 와중에 생물 선생님이 내 책상으로 휙 다가오셨다.

"안드라카!" 선생님이 고함을 지르셨다.

생물 수업을 처음 들었던 날부터 이 선생님은 분명 날 좋아하지 않으셨다. 내가 질문을 너무 많이 했기 때문이다. 난 항상 교과서가 시키는 대로 하는 학생은 아니었다. 미친 듯이 머리를 굴리기 시작했지만 미처 답을 하기도 전에 선생님은 탄소 나노튜브에 대한 논문을 내 손에서 획 잡아채셨다. 그러곤 마치 포르노 잡지인 양 경멸스러운 표정으로 높이 들어 올리셨다.

"이게 뭐야?" 선생님이 버럭 소리를 지르셨다.

'과학 논문이요. 읽으면 좋은 거 아니에요?'라고 말하고 싶었지만, 그러지 않았다.

"그냥 과학 논문이에요." 나는 이렇게 답했다.

선생님은 다시 한 번 매서운 표정을 지으시더니 내가 몰래 가져온 논문을 들고 가 버리셨다. '으아, 어떡하지!'

선생님은 내 과학 논문을 자기 책상의 깊숙한 곳에 집어넣으셨다. 나는 그 의미를 알고 있었다. 내가 논문을 돌려받는 길은 한 가지밖에 없었다. 수업이 끝날 때까지 기다렸다가 선생님 책상으로 가서 빌어야 했다. '자존심은 접어 둬, 잭.'

종이 울린 후 나는 선생님을 찾아갔다. 그리고 '존중'에 대한 선생님의 긴 말씀을 들었다. 난 선생님의 수업을 존중하지 않았다. 선생님이 가르쳐 주시는 것들을 존중하지 않았다. 아무것도 존중하지 않았다. 아주 무례한 아이였다.

선생님의 말씀은 모두 맞는 것이었고 나 역시 충분히 반성하고 있었다. 그러나 새로운 아이디어에 잔뜩 흥분한 정신이 자꾸만 딴 세상에 가 버리는 것을 주체할 수 없었다.

항체들을 탄소 나노튜브 결합체 속으로 집어넣는 것은 적어도 이론상으로는 충분히 가능했다. 하지만 문제가 있었다. 이 결합체는 극도로 약하기 때문에 다른 무언가로 지지해 줘야 했다.

학교를 마치고 나서 곧장 집으로 돌아온 나는 방바닥에 앉아 머리를 이리저리 굴리기 시작했다. '저렴하면서도 적당한 게 뭐가 있을까…… 맞다, 종이!' 그리 어렵지 않을 것이다. 물에 나노튜브를 조금 부어 넣고, 거기에 항체를 더해 섞은 다음, 종이를 그 액에 찍었다가 말리는 것이다. 그러면 몇 초 만에 암을 발견할 수 있다. 손을 쓸 수 없을 정도로 퍼지기 전에. 또한 재료비가 적게 들기 때문에 적은 돈으로도 손쉽게 검사할 수 있을 것이다.

동시에 현실적인 문제점이 떠올랐다. 부엌 조리대나 지하실에서 암 연구를 할 순 없었다. 엄마가 허락해 주실 리 없었다. 실험에 필요한 장비도 갖춰야 했다. 진짜 실험실이 필요했다. 나는 인터넷에서 조언을 구했다. 나 같은 열네 살짜리 아이가 멋진 실험실에 접근할 수 있는 방법은 결국 하나뿐이었다. 아이디어와 계획을 단계적으로 설명한 제안서를 써서 췌장암을 전공하는 모든 박사들에게 보낸 뒤, 그들 중 한 명이 내 아이디어를 믿고 날 받아

주기를 바라는 수밖에 없었다.

나는 무려 넉 달 동안 내 이론에 대한 제안서와 실험 계획서를 작성했다. 우등 생물학 연구보다 더 힘들게 느껴진 시간이었다. 30쪽이 넘는 분량의 제안서에 예산, 재료, 일정, 위험 요소, 화학 분석에 사용되는 시약 등을 기록했다. 그리고 메소텔린 항체를 섞어 넣는 것에 대한 내 이론을 아주 정성 들여 자세히 설명했다.

제안서 손질까지 마친 나는 인터넷으로 지역 대학들의 명부를 찾아 날 받아 줄 만한 박사들의 명단을 만들었다. '만약 모두가 날 받아 주겠다고 하면 어느 실험실이 가장 적합한지 골라야겠지. 재미있겠어!' 이때까지만 해도 나에게 선택권이 있을 줄로만 알았다.

다음 48시간 동안 나는 존스 홉킨스 대학교나 국립보건원처럼 췌장암과 관계있는 곳들에 적을 둔 200명의 교수들에게 제안서를 보냈다. 그리고 나서 "자네 정말 천재군! 자네가 우리 모두를 구원해 줄 거야!"라는 긍정적인 내용의 답장들이 쏟아져 들어오기를 기다렸다.

그렇게 기다리고.

기다리고.

또 기다렸다.

06

Breakthrough

How One Teen Innovator Is Changing the World

실패 속에서
성장하다

연구실을 얻기 위한
고군분투

다음 날 사물함 앞에 서서 5교시 생물 수업에 들고 갈 책을 막 집으려는데 데미언이 다가왔다. 운 나쁘게도, 나와 함께 이 고등학교로 온 몇 안 되는 아이들 중에 데미언도 끼어 있었다.

"야, 잭." 그 아이가 내 어깨를 톡톡 치며 말했다. "요즘엔 뭘 연구하고 있냐?"

'이 자식도 어지간히 절박한 모양이구나.' 녀석이 나한테 살갑게 구는 이유는 딱 하나밖에 없었다. 최근 과학 경진대회에서 내가 올린 성적을 보고는 정보를 노리고 접근한 것이다. 어쨌거나 우리는 고등학교 1학년이었다. 이 말인즉슨 우리 지역에서 열리는 과학 경진대회에서 우승하면 인텔 국제 과학기술 경진대회, 과학 숭배자들이 ISEF라고 부르는 그 대회에 참가할 수 있는 자격을 얻게 된다는 것이다.

2년 전 7학년 때 캘리포니아 주 새너제이에 가서 눈이 휘둥그레질 만큼 놀라운 경험을 했다. 그때 루크 형이 특별상을 받기 위해 무대로 올라가는 모습을 지켜봤다. 나와는 차원이 달라 보이는 십대 엘리트들의 지성을 직접 목격하니 그때까지 성취한 모든 것들이 작게만 느껴졌다. ISEF에서 보낸 시간은 교육적이고 기분 전환도 되었지만, 다른 한편으로는 허탈하기도 했다. 마치 엄청

먹음직스러운 베이컨 치즈 버거를 받았는데, 작게 한입 베어 먹은 후 도로 빼앗긴 것 같은 기분이랄까. ISEF의 여운이 아직도 남아 있었고, 더 많은 것을 느끼고 싶었다.

데이미언은 왼쪽으로 몇 발짝 떨어져 서서 내 얼굴을 뜯어보며 단서를 찾았다.

"뭐, 별거 없어." 나는 어깨를 으쓱하며 답했다. "아이디어가 아직 안 떠올라서 찾고 있어." 난 거짓말 솜씨가 형편없다.

"그것참 안됐다. 올해에는 네가 질 거야, 안드라카."

"그래, 알았어." 나는 이렇게 답했다.

어설픈 대꾸라는 건 알았지만, 상관없었다. 난 상대를 밟아 뭉개는 대화에 약하다. 게다가 내 프로젝트를 떠벌리고 다닐 생각도 없었다. 하지만 내 프로젝트에서 나노튜브가 아주 중요하게 사용되는 만큼 실험실을 하루빨리 확보해야 했다. 마지막 종이 울리자 나는 서둘러 집으로 돌아왔다. 실험실에서 날 받아 주겠다고 알리는 이메일이 와 있기를 기대했다. 이메일 수신함을 확인해 보았다. 아무것도 없었다.

나는 걱정할 필요 없다고 속으로 중얼거렸다. '박사님들은 바쁜 분들이니까.' 하지만 첫날 밤에는 컴퓨터 앞에서 많은 시간을 보냈다. 몇 초마다 한 번씩 새로 고침 키를 누르고, 그러지 않을 때에는 박사들이 병원 홈페이지에 올려놓은 프로필 사진을 구경했다. 어쩜 다들 그렇게 매력적으로 생겼는지……

다음 날 학교에서 집으로 돌아왔더니 드디어 첫 답장이 와 있었다. 나는 서둘러 그 이메일을 열어 보았다.

"우리 실험실을 빌릴 수 있는지 문의해 주셔서 고맙습니다. 그런데 안타깝게도……."

자동 응답기를 돌린 것 같은 거절 편지였다. 더 읽을 필요도 없었다.

"이상하네." 나는 그 일을 아무렇지도 않게 넘기며 혼자 중얼거렸다. "내 제안서를 제대로 안 읽었나 봐."

그날 오후 아빠와 함께 체서피크 만으로 가서 카본지*를 시험해 보았다. 그 종잇조각이 바닷물 속의 대장균을 감지할 만큼 민감한지 알아보고 싶었다. 그곳의 물을 식수로 사용하는 사람들에게는 안타까운 결과지만, 치명적인 세균이 상당량 발견되었다.

그날 밤 집으로 돌아왔더니 거절 편지가 또 한 통 와 있었다.

"우리 실험실을 빌릴 수 있는지 문의해 주셔서 고맙습니다. 그런데 안타깝게도……."

이해가 되지 않았다. 나는 내 제안서를 열어 잘못된 부분이 있나 살펴보았다. 아무 문제 없었다. 어쩌면 자기소개서에서 끔찍한 실수를 했을지도 모른다는 생각이 들었다.

---

* 얇은 종이에 기름, 납, 안료의 혼합물을 칠한 종이.

아무개 박사님께

저는 노스 카운티 고등학교에 다니는 학생입니다. 지금 과학 경진대회 프로젝트로, 나노튜브와 항체를 이용한 췌장암(RIP1 유형) 진단법을 연구하고 있습니다.

MUC1(점액소)로 쥐를 면역시켜 항원과 항체를 만들어 낼 계획입니다. MUC1은 쥐에 이종 이식한 RIP1(인간 췌장암종)에서 얻어 내어, 뜨거운 페놀을 사용하여 추출할 생각입니다. 물 추출 과정과 똑같습니다. 이 과정을 이메일에 함께 첨부합니다.

PAM4(단일 클론 항체)를 생산하는 데 사용할 MUC1을 만들어야 하는데, 박사님 실험실에서 작업해도 될지 여쭙고 싶습니다.

시간 내주셔서 고맙습니다. 박사님의 연구 논문을 읽어 봤는데 정말 대단했습니다. 만약 박사님이 저를 도와주실 수 없다면 가능한 분이라도 소개해 주실 수 있을까요.

잭 안드라카 드림

이 정도면 괜찮을 줄 알았다. 아부도 적절히 들어가 있고, 단도직입적으로 용건만 간단히 썼다. 하지만 다시 읽어 보니 마지막 문장에 문제가 있었다. 물음표를 써야 할 자리에 마침표를 찍어 버렸다. 윽!

그다음 주에 세 번째 거절 편지가 왔다. 네 번째 편지도. 그리고 다섯 번째 편지도.

우리 실험실을 빌릴 수 있는지 문의해 주셔서 고맙습니다. 그런데 유감스럽게도 공간을 내어 드릴 여유가 없습니다. 제안을 보내주신 것에 감사드리며, 아무쪼록 연구를 성공적으로 마치시길 빕니다.

그래도 난 아이답게 낙천적이었다. '아마 내 제안서를 안 읽어 봤을 거야. 30쪽이나 되니까.' 내게 실험 공간을 줄지도 모르는 수많은 박사들이 아직 내 제안서를 평가하고 있었다. 하지만 대륙횡단 비행기 안에서 공기로 전염되는 바이러스처럼, 내 이메일 수신함에 거절 편지들이 급속히 늘어 갔다.

도와 드리고 싶지만, 실험실이 이미 학생들로 가득 차 있습니다. 더는 다른 사람을 받을 수가 없습니다.

이 과정에서 또 하나 얻은 교훈이 있다면, 병원 사이트에 실린 프로필 사진이 멋지다고 해서 그 사람의 인성까지 좋은 건 아니라는 사실이다.

귀하의 아이디어는 처음엔 아주 흥미진진해 보였지만, 아마도 그 방식은 우리 분야에서 절대 통하지 않을 겁니다.

앞으로는 동료 연구자들의 귀중한 시간을 빼앗지 말고 관심 분야를 더 열심히 공부하세요.

나는 상처를 받았다. 췌장암 연구 분야의 박사들 사이에서 무시할 수 없는 작은 합의가 형성되고 있는 것 같았다. '잭, 네 아이디어는 역사상 최악이야.'

그렇게 보름이 지나자 컴퓨터를 켜고 이메일을 확인하기가 두려워지기 시작했다. 내 아이디어가 형편없다는 말을 듣는 것도 기분 나쁘지만, 훨씬 더 나쁜 건 거절 편지를 하나 받을 때마다 내 목표를 이룰 수 있는 기회가 또 하나 줄어든다는 사실이었다.

나는 편지가 올 때마다 기록하기 시작했다. 3주가 지난 시점에 나를 거절한 사람은 114명이었고, 패색이 짙어 보였다.

단 한 명도 날 받아 주지 않았다.

199번의 거절 끝에 주어진
단 한 번의 기회

다음 날 점심시간에 나는 계속 거절당하고 있는 상황을 클로이에게 털어놓으며 분통을 터뜨렸다. 먹는 동안 투덜거리는 건 무례한 짓이라는 신조를 가진 나지만, 참을 수가 없었다.

"난 괜찮아. 아무 상관 없어."

나는 엄마가 싸 주신 땅콩버터 샌드위치를 꺼내어 분노의 한 입을 베어 물었다.

"내가 어려서 그래." 나는 말을 이어 나갔다. "박사들이 내 나이를 걸고넘어지는 거야. 내가 아이라는 사실을 걸고넘어지는 거라고. 내 아이디어에는 관심도 없고, 그냥 내 뒤치다꺼리나 해야 할까 봐 싫은 거지."

나는 클로이를 올려다보았다. 우리 두 사람은 친구가 되고 나서 오래지 않아 둘 사이의 공통점을 찾아냈다. 자연에 대한 호기심, 특히 원하는 건 뭐든 이룰 수 있다는 확고한 믿음. 클로이는 남의 얘기를 정말 잘 들어주는 아이였고, 그 순간엔 그 점이 정말 고마웠다.

"이젠 다 질려 버렸어."

말을 계속할수록 내 목소리는 점점 더 커졌고, 격한 분노가 배어들기 시작했다.

"잭……." 클로이는 내 손 위에 자기 손을 얹으며 동정 가득한 눈빛으로 말했다. "네 얼굴에 젤리 묻었어."

참을 수가 없었다. 우리 둘은 정신없이 웃음을 터뜨렸다. 스트레스가 심하긴 했지만, 그 순간이 정말 고마웠다. 중학교를 마쳤고, 점심시간에 진짜 식탁에서 좋은 친구랑 마주 앉아 있었으니까.

하지만 긍정적인 답장은 도통 올 줄을 몰랐다. 난 제안서에 심혈을 기울였다. 실험 공간을 줄 수 있는 박사들에게 내 최고의 제안서를 보냈다. 내 아이디어를 진지하게 받아들이는 사람이 한 명도 없는 것이 분명했다. 대안은 없었다. 그렇게 멀리까지 앞일을 생각해 두지는 않았다.

상황이 이쯤 되니, 부모님도 걱정을 하기 시작하셨다. 어느 나른한 일요일 아침, 두 분은 얘기 좀 하자며 날 앉히셨다. 아빠는 아주 현실적인 분이라 곧장 본론으로 들어가셨다. 내 아이디어가 결실을 못 볼 것 같은데, 내가 실망감 때문에 많이 힘들까 봐 걱정이라는 말씀이었다. 나는 박사들에게 계속 퇴짜 맞는 이유가 뭔지 찾아내려고 제안서를 보고 또 보느라 미치기 일보 직전이었지만 부모님의 말씀을 귀 기울여 듣는 척했다. 진이 다 빠지는 것 같았다. 부모님은 여러 가지를 따져 물으셨다. 하지만 난 한마디밖에 할 수 없었다.

"제 검사법은 정말 효과가 있어요."

많은 말씀을 하신 후 부모님은 한참이나 서로 시선을 주고받으셨다.

"네 생각이 그렇게 단호하다면 한번 계속해 봐." 아빠가 말씀하셨다.

부모님이 지적하신 점들을 반박하기는 어려웠다. 세계에서 가장 유명한 박사들 가운데 거의 200명에게 그들 중 다수는 평생 췌장암을 연구한 사람들이었다. 내 제안서를 보냈는데 예외 없이 모두가 거절했거나, 아직 답이 없었다. 계속해 보라고 격려해 주기는 하셨지만, 부모님도 내 아이디어의 효력을 믿지 않으시는 것이 분명했다. '나 말고 이 프로젝트를 믿어 주는 사람이 과연 나타나기나 할까?' 스스로에 대한 믿음도 의심스러워지기 시작했다. 뭔가를 놓쳤을지도 몰랐다. '제안서를 한 번만 더 보면 문제를 찾을 수 있지 않을까? 아니, 백 번이라도 더 볼 수 있어.'

그 주에 여섯 통의 답장이 더 왔다. 모두 거절이었다. 이제 난 정말이지 필사적인 심정이 되었다. 그래서 다소 위험하고도 두려운 결정을 내렸다. 형에게 얘기해 보는 것이었다.

나는 형의 지성을 진심으로 존경했다. 그러니 형과 얘기를 나눠 봐야 했다. 형이라면 내게 솔직히 말해 주고 옳은 답을 줄 것 같았다. 하지만 형에게 다가가는 동안 마치 단두대를 향해 걸어가는 것 같은 기분이 들었다. 나는 형에게 내 제안서를 건네주고 결론을 대충 설명한 뒤, 형이 제안서를 훑어보는 동안 어깨너머로 조심스레 지켜보고 있었다. 형은 제안서를 읽다가 가끔 멈추고 깊은 생각에 잠긴 듯 위를 올려다보곤 했다.

마침내 제안서가 마지막 장까지 넘어갔을 때 나는 형이 인정 사정없이 예리한 논리로 꿈을 짓밟겠거니 하고 각오를 단단히 했다. 그런데 잠깐의 침묵에 이어 끙 하고 앓는 듯한 이상한 소리가 들렸다. 나는 기다렸다.

"이건 돼." 형이 말했다.

나는 그다음에 이어질 반전을 기다리며 숨을 멈추었다. 하지만 형은 똑같은 말을 혼잣말처럼 반복했다.

"이건 돼." 형은 이번엔 좀 더 힘을 주어 덧붙였다. "될 거야."

형의 말을 들으니 마치 심장에 아드레날린 주사라도 맞은 듯한 기분이었다. 펄쩍 뛰어서 천장을 주먹으로 치고 싶었지만, 자존심이 허락지 않았다. 대신에 난 여유로운 태도를 보였다.

"나도 알아." 나는 아무렇지도 않게 형의 손에서 제안서를 빼앗은 채 간식이라도 먹으려는 듯 부엌으로 걸어 들어가며 말했다. "그냥 확인차 물어본 거야."

바로 그 순간부터 나는 내 아이디어의 타당성을 더는 의심하지 않았다.

한 달 동안 192번의 거절을 당한 후 5월의 어느 날, 학교에서 돌아와 이메일 수신함을 열며 나는 또 한 번 강펀치를 맞을 각오를 하고 있었다.

안드라카 군에게

아니르반 마이트라 박사입니다.

정말 흥미로운 제안서군요. 만나서 얘기를 들어 봤으면 합니다.

내 두 눈을 믿을 수가 없어서 그 문장을 다시 한번 읽어 보았다. 그곳에는 분명 이렇게 적혀 있었다.

"만나서 얘기를 들어 봤으면 합니다."

"엄마!" 나는 소리를 질렀다.

내 목소리가 승리의 환호보다는 공포에 질린 소리로 들린 모양이었다. 엄마와 형이 다급하게 달려와서는 내 앞의 모니터를 보았다.

"잭?" 엄마가 날 부르셨다.

"이것 좀 봐요."

하나, 둘, 셋……. 잠깐의 정적이 흐르고 난 뒤, 두 사람은 환호성을 지르기 시작했다!

"죽여준다." 형이 내 어깨를 톡톡 치며 말했다. "네가 해냈구나."

볼티모어에 있는 존스 홉킨스 대학교의 아니르반 마이트라 박사님은 췌장암에 관한 한 세계에서 손꼽히는 과학자셨다. 아직 박사님이 날 완전히 받아 주신 건 아니었지만, 어쨌든 성공적인 첫걸음을 내디딘 셈이었다.

이제 다음 단계는 '마이트라 박사님에 대한 모든 것을 알아내

151

기'였다. 나는 인터넷으로 찾은 박사님의 이력을 꼼꼼히 살폈다. 내가 전에 뽑았던 단백질 목록보다 더 길었다. 솔 골드먼 췌장암 연구센터의 병리학·종양학 교수, 생명화학공학과 겸임교수, 맥쿠식네이선스 유전의학연구소의 겸임교수. 마이트라 박사님은 최고의 과학자셨다.

박사님은 암세포와 정상 세포 간의 특정한 생화학적 차이를 최적으로 이용하여 암세포만 죽이는 화학요법을 전문으로 연구하고 계셨다. 또 최첨단의 유전자 칩 gene chip 기술을 사용하여 기형적인 췌장암 유전자들을 파악하는 혁명적인 방법도 연구 중이셨다. 그 방법을 사용하면 과학자들은 다수의 유전자 범위를 어떤 경우엔 인간 유전체 전체가 되기도 한다. 조사하여 정상적인 세포조직에는 존재하지 않고 췌장암 세포에만 나타나는 기형들을 찾아낼 수 있게 된다. 정확히 무슨 말인지는 알 수 없었지만 위대한 분을 만나게 되리라는 건 확실했다.

면접은 2주 후로 잡혔다. 대망의 그날이 왔을 때 나는 왠지 기분이 좋지 않았다. 수없이 거절을 당하면서 자신감을 많이 잃었던 탓이다. 내가 세운 과학 이론이 탄탄하다는 걸 알았지만, 과연 내 아이디어를 효과적으로 표현할 수 있을지 걱정스러웠다.

볼티모어의 존스 홉킨스 병원은 우리 집에서 차를 타고 가면 30분 정도 걸렸다. 나는 차 속에서 입을 다문 채 잊어서는 안 될 주요 요점들을 머릿속으로 되짚었다.

'항체들을 탄소 나노튜브에 섞어 넣으면 췌장암에 대한 생체 지표 역할을 해 줄 메소텔린이라는 단백질을 확인할 수 있습니다. 카본지를 사용하면 약한 탄소 나노튜브를 튼튼하게 지지해 줄 수 있을 거예요.'

차가 병원 정문 앞에 서고 엄마와 포옹을 한 뒤 차에서 내렸다.

"넌 잘할 거야, 잭. 평소대로만 해." 엄마가 말씀하셨다.

나는 병원으로 걸어 들어가 접수 담당자에게 소개를 했다.

"안녕하세요. 잭 안드라카라고 하는데요."

나는 그녀에게 활짝 미소 지어 보였다. 그러자 그녀도 미소를 지었다. 꼭 은행 직원이 막대 사탕 주기 전에 짓는 미소 같았다.

"마이트라 박사님을 뵈러 왔어요." 나는 이렇게 덧붙였다.

"그렇군요. 따라와요."

그녀는 앞장서서 복도를 걸어갔다. 나는 속으로 '막대 사탕 같은 건 필요 없답니다.'라고 말했다. 그러면서 동시에 내 걸음에 집중했다. 발을 헛디디지 않도록. '여기선 안 돼. 지금은 안 돼.'

그녀는 한 사무실 앞에 멈춰 섰다. 문 너머로 벽에 걸린 멋진 명판들이 보였다. 방 안에는 마이트라 박사님이 계셨다.

박사님이 자기소개를 하셨다. 나는 박사님과 악수를 나누었다.

"어서 와, 잭. 만나서 반갑다."

실물이 사진과 똑같았다. 박사님은 호기심이 밴 듯한 미소를 자연스럽게 지으셨다. 지혜로운 분 같았다. 천천히 조심스럽게 말쓱하셨고, 첫인상을 말하자면 참을성 많고 진실해 보였다.

"제안서가 아주 인상적이더구나. 네 나이에 그런 생각을 하다니 참 대단해."

나는 각각의 결론을 내리게 된 과정을 차근차근 설명하면서 자신감을 되찾았다. 내가 말하는 동안 박사님은 가끔 고개를 끄덕이셨다.

아무 문제 없이 모든 것이 잘되어 가고 있는 것 같았다. 면접이 슬슬 마무리되고 있는 듯해서 내가 기다렸던 말 박사님의 실험실에 공간을 조금 내주겠다는 을 이제 곧 듣겠구나 싶었는데, 박사님이 "이리 와 봐."라고 말씀하셨다. 작은 회의실로 안내받아 들어가 보니, 다른 박사님들이 마치 자연 발생으로 생겨난 듯 난데없이 여기저기서 나타나기 시작했다. 그리고 이 박사님들이 양쪽에서 내게 질문을 퍼부어 댔다.

나는 꾹 참고 견뎠다. 여기까지 어떻게 왔는데, 결승선을 겨우 몇 발 앞두고 비틀거릴 순 없었다.

"메소텔린이 생체 지표라는 결론은 어떻게 내리게 됐지?"

"각각의 단백질을 하나씩 검사하다가 기준에 들어맞는 걸 찾았어요."

"나노튜브가 효과적일 거라는 결론은 어떻게 도출한 거야?"

"나노튜브와 항체를 섞으면 메소텔린에만 반응하는 결합체가 만들어진다는 걸 알았거든요."

그들은 가차 없었다. 사람을 기진맥진하게 만들었다. 두 시간 여의 취조를 당하는 동안 몇 년은 더 늙은 것 같은 기분이 들었다.

마침내 끝났다. 난 살아남았다. 박사님들의 얼굴을 살펴보니 만족한 듯 보였다. 그리고 내가 그토록 듣고 싶어 하던 말이 들려 왔다.

"좋아. 한번 해 보자!" 마이트라 박사님이 말씀하셨다.

이제 박사님의 실험실을 사용할 수 있게 된 것이다. 사실 내가 사용할 수 있는 공간은 좁은 실험실의 한구석이었고, 박사님은 내가 그곳을 망쳐 버리지 않도록 자신의 조수 한 명을 내게 붙여 주셨다. 어찌 되었든 나로서는 이래저래 만반의 준비를 갖춘 셈 이었다. 마이트라 박사님은 분명 비범한 분이었지만, 의학계에서 그 정도 위치에 있는 사람이 평범한 아이의 생각을 진지하게 받 아들이는 걸 보면 인간적으로도 비범한 분이 틀림없다는 생각이 들었다.

성공적인 면접이 끝나고, 나는 엄지손가락 두 개를 척 들어 올 리고 엄마에게 달려갔다. 그동안 병원 밖에서 스테이션왜건에 탄 채 나를 기다리고 있던 엄마는 병원 정문만 뚫어져라 보고 계셨다.

"네가 해낼 줄 알았어, 잭!" 엄마는 운전석 창을 내리고 소리치 셨다.

"언제 시작해?"

"열흘 후에요."

그다음 한 주 동안 내 몸은 학교에 있었지만, 마음은 새 실험실에서 연구 내용을 한 단계 한 단계 예행연습하고 있었다. 이미 메소텔린을 발견한 데다 검사지로 시험하는 방법까지 찾았으니 내 여정의 가장 어려운 부분은 끝났다고 확신했다.

'하루면 될 거야.' 나는 이렇게 자신했다. '아니면, 최대 이틀 정도?'

실수투성이 초보 과학자

아빠는 내가 검사지에 나타나는 반응을 읽는 동안 그 종이를 받쳐 줄 검사 기기를 직접 만들어 주셨다. 나는 엄마의 반짇고리에서 전극으로 사용할 바늘까지 한 쌍 챙겼다. 그러나 실험실에 처음으로 나간 날, 그 모든 게 당장은 아무런 소용이 없다는 것을 깨달았다. 왜냐하면 나의 실험 실력이 말도 못하게 형편없었기 때문이다.

첫날에는 도착한 지 겨우 몇 시간 만에 세포 용기에 대고 재채기를 해서 실험을 망쳐 버렸다. 정말이지 말도 안 되는 일이다. 실험 용기에 재채기를 하다니! 도대체 누가 이런 짓을 할까? 창피했던 나는 이 아마추어 같은 행동을 아무에게도 들키지 않으려고 침으로 오염된 세포배양 조직을 플라스크들 사이에 숨겨 놓았다. 재채기 때문에 뭔가를 망친다는 것이 우습게 들릴지 몰라도, 고개를 돌리거나 휴지를 챙기지 않았다는 이유로 몇 시간의 수고가 그냥 날아가 버렸다고 생각하면 도무지 웃고 넘길 수 없는 일이었다. 그러나 나의 실수는 그것으로 끝이 아니었다.

얼마 지나지 않아, 똑같은 실수를 하고 말았다. 검은 토마토 수프처럼 생긴 탄소 나노튜브들을 아주 정성스럽게 만들어 작업대에 올려놓았는데, 그만 또 재채기가 나왔다. 그 바람에 나노튜브들이 작업대 밖으로 밀려나 바닥으로 떨어져 버렸다.

이번에는 실험실에 다른 과학자들도 있었다. 바닥에 검은 점이 퍼지는 모습을 지켜보다가 정신을 차려 보니 모두가 나를 빤히 쳐다보고 있었다. 바보 천치가 된 기분이었다. 나노튜브들은 얼룩을 남기는데, 관리인들은 그 부분의 오염을 어떻게 처리할지 알지 못했다. 그곳에는 앞으로도 계속 내 실수를 떠올리게 해 줄 얼룩이 그대로 남았다.

또 한 번은 이런 일도 있었다. 실험실에 나간 지 12주째에 신발의 끈이 풀려 그만 배양세포 시험관 쪽으로 넘어져 버렸다. 나는 요란스러운 소리를 내며 바닥으로 떨어지는 시험관들을 그저 난감하게 쳐다보고 있을 수밖에 없었다. 췌장암 세포들을 복제해 줄 MIA PaCa-2 세포를 키우는 데 꼬박 두 달이 걸렸다. 그런데 이제 처음부터 다시 시작해야 했다.

엄마는 항상 내게 신발 끈을 잘 묶고 다니라고 잔소리하셨다.

"그렇게 신발 끈을 덜렁거리고 다니다가는 후회할 날이 올 거야, 잭."

결국, 그날이 오고야 만 것이다. 하지만 웨스턴 블롯 Western blot* 때문에 고생한 것에 비하면 다른 문제들은 새 발의 피였다. 단백질 면역 블롯 protein immunoblot 이라고도 불리는 웨스턴 블롯은 악의 화신과도 같았다. 이는 겔 전기영동법 gel electrophoresis** 을 이용하여 단백질을 삼차원 입체구조나 띠 형태로 분리하는 기법이다. 그러면 단백질들은 세포막으로 옮겨지고, 그곳에서 표적 단백질에만 반응하는 항체들과 만나게 된다.

읽기만 해도 머리가 아픈데, 실제 실험은 더 어려웠다. 단계마다 엄밀히 측정하고 주의를 기울여야 하는 것이, 마치 신체 기능 게임을 하는 것 같았다. 작은 실수를 해도, 아주 살짝만 계산을 잘못해도 그때까지 했던 모든 작업이 수포로 돌아갔다.

어찌어찌해서 겨우 웨스턴 블롯에 숙달되고 나니, 메소텔린에 대한 항체들을 단일벽 탄소 나노튜브 여과지에 이것을 묻히면 종이가 전도성을 띠게 된다 와 혼합하는 작업도 못지않게 힘들었다.

---

* 인간 면역 결핍 바이러스(HIV)가 만드는 여러 단백질에 대한 항체 형성 유무를 확인하는 방법.

** DNA나 RNA와 같은 단백질 분자들을 전기적인 힘을 이용해 그 크기에 따라 서로 분리하는 기술.

다음 단계는 주사전자현미경을 이용하여, 검사지에 막을 입힐 최적의 정도를 결정하는 것이었다. 그전에 실수를 하지 않았다면 그때쯤엔 MIA PaCa 세포들에 서로 다른 양의 메소텔린을 섞어 보고 종이 바이오센서로 시험해 볼 수 있었을 것이다. 검사지의 전류를 측정하여 그래프를 작성해야 실험 결과를 낼 수 있었다. 그러면 생체 지표 단백질인 메소텔린의 혈중 수치가 얼마인지 정확히 알 수 있다.

내가 제대로 해낼 수 있을 거라는 확신이 드는 날은 거의 없었다. 재채기를 하거나 넘어져서 실험 내용물을 오염시키질 않나, 배양 조직들을 배양기 속에서 태워 버리지를 않나……. 게다가 나는 실험실에서 가장 어렸기 때문에 박사님들이 자신의 배우자나 자녀들에 관해 얘기할 때 낄 수가 없었고, 왠지 겉도는 느낌이었다. 그리고 한참 모자란 내 실험 실력이 부끄러웠다. 바닥에 검은 얼룩을 남긴 것도 민망하고, 겸자를 '핀셋'이라 불러 모두의 웃음을 산 것도 창피했다. 그래서 박사님들이 실험실 근처의 한 테이블에 모여 앉아 식사할 때 나는 음식을 가지고 계단참으로 갔다. 그래도 중학교 때 화장실에서 먹던 것보다는 나았다. 나는 식사를 하며 나를 거절했던 192명의 박사들을 떠올렸다. '혹시 마이트라 박사님도 내게 실험 공간을 내준 걸 후회하고 계신 건 아닐까?'

가끔은 실험실에서 집으로 돌아와 보면 거절의 편지가 또 도착해 있었다.

안드라카 씨에게

귀하의 아이디어를 검토해 봤는데, 몇 년의 공부가 더 필요한

것 같습니다.

아무개 박사

연구를 진행할수록, 내가 처음 세웠던 이론에 수많은 허점이
보였다. 몇 달 동안 실험실에서 고생한 결과라곤 바닥에 하키퍽
크기만 한 나노튜브 얼룩을 남긴 것뿐이었다.

이 모든 현실이 힘겨웠던 어느 날은 계단참의 비밀 장소에 숨
어 결국 울음을 터뜨렸다. 세상에서 가장 불운한 과학자가 된 기
분이었다.

그날 밤 나는 집으로 돌아와 전설적인 발명가 토머스 에디슨
에 관한 글을 인터넷에서 찾아 다시 읽어 보았다. 그의 일화에서
조금이라도 위로를 받고 싶었다.

1914년 12월 10일, 에디슨의 소중한 발명품들로 가득 찬 건물
열 채가 화염에 휩싸여 무너지고 말았다. 그날 밤 에디슨이 평생
을 바친 역작들의 대부분이 재로 변했다. 그는 예순일곱 살이었
고, 많은 사람들은 미국의 위대한 발명가로 인정받던 에디슨의
전성시대도 연기 속으로 사라졌다고 믿었다. 하지만 수년간의 기
록과 발명품들이 불길에 타는 모습을 지켜보던 에디슨은 고개를

돌려 〈뉴욕 타임스 The New York Times〉 기자에게 말했다.

"난 예순일곱 살이 넘었지만, 내일 다시 시작할 겁니다. 오늘 밤은 거의 다 타 버렸지요. 하지만 불길이 충분히 잡히고 나면 내일은 사람들이 와서 파편을 치워 줄 겁니다. 나는 다시 공장을 재건할 겁니다. 할 일은 하나밖에 없어요." 에디슨은 말을 이었다. "바로 돌아가서 다시 지어 올리는 거죠."

그는 한 수 더 떠서 그 화재가 얼마나 큰 기회인가를 설명하기 시작했다. 옛 공장의 '잡동사니'가 다 타 버렸으니 옛것보다 더 좋고 큰 공장을 짓는 작업에 착수할 수 있다고 아들에게 말했다. 그리고 다 타 버린 공장 건물에 들어가서는 코트를 돌돌 말아 베개로 삼고 테이블 위에서 몸을 만 채 잠들었다. 잠에서 깬 에디슨은 타 버린 흔적을 보고 이렇게 말했다.

"재앙에도 훌륭한 가치가 있어. 우리의 모든 실수가 불에 타 버렸으니 이제 새로 시작할 수 있지."

그는 곧장 공장을 다시 짓고 운영하는 작업에 들어갔다. 직원들은 2교대로 일하면서 어느 때보다 더 높은 생산성을 보였다.

에디슨이 당대의 여타 과학자들과 달랐던 점은 타고난 천재성뿐만이 아니었다. 그 화재에 얽힌 일화가 마음에 드는 이유는 실수를 디딤돌로 볼 줄 아는 에디슨의 능력을 엿볼 수 있기 때문이다. 화재가 일어나고 나서 3주 후 에디슨은 소리를 녹음하고 재생하는 최초의 장치인 축음기를 발명했다.

내가 저지르는 많은 실수들은 작업의 세세한 부분에 더 조심하고 주의를 기울여야 한다는 점을 배우는 계기가 되기도 했다. 나는 작업에 차질이 생길 때마다 그것을 기회로 여기고, 실수를 한 번 할 때마다 췌장암 조기 진단법에 한 걸음 더 가까이 다가가는 거라고 여기며 마음을 다잡았다. 이즈음엔 늘 테드 삼촌의 말씀을 떠올렸다.

"서두르지 마, 잭. 잘될 거야. 모든 게 다 잘될 거야."

"드디어 성공!
내 생각이 옳았어."

나는 삼촌의 말씀을 떠올리며 마음을 더욱 단단히 먹었다. 매일 학교를 마치고 나면 곧장 실험실로 달려가 더 오랜 시간 실험에 매달렸다. 토요일에는 자정을 넘기기도 했다. 식사도 잘 하지 않았다. 허기진다 싶으면 피자, 삶은 달걀, 초콜릿 바를 먹었다. 추수감사절과 크리스마스에도 실험실에 나갔다. 잠이 오면 계단참 아래로 몰래 들어가서 잡지와 논문들로 침대 요를 만들고, 티셔츠에 달린 모자를 베개 삼아 잠깐 눈을 붙였다. 이 비밀공간을 아무에게도 들키지 않을 줄 알았다. 그런데 한번은 낮잠에서 깨어

나 보니 마이트라 박사님이 황당하다는 표정으로 날 내려다보고
계셨다.

"안녕하세요, 마이트라 박사님."

"안녕, 잭."

박사님은 이렇게 답하시고는 머리를 절레절레 흔들며 가 버리
셨다.

내 열다섯 번째 생일에는 가게에서 산 파티용 모자와 색색의
띠들을 가져가 생일을 자축하는 문구로 실험 공간을 장식했다.
주말이라 실험실은 텅 비어 있었다. 그렇게 길고도 혹독한 7개월
을 보낸 뒤 12월 말의 어느 날 밤, 나는 유독 힘든 시간을 보내고
있었다. 아무리 노력해도 실수 없이 연구를 진행할 수가 없었다.

나는 절차상 필요한 점검표 조리법과 비슷한를 외워 두고, 갑자기 재
채기가 날 경우를 대비해 곁에 화장지를 두었다. 항상 가장 먼저
할 일은 모든 재료들이 준비되었는지 확인하는 것이었다.

1. 메소텔린 단백질

2. 시험관 12개

3. 인산나트륨과 염화나트륨을 함유한 염용액인 인산완충액

4. 큰 주사기처럼 생긴 실험용 점적기 피펫

5. 나노튜브로 흠뻑 적신 종이 센서 검사지 12장

6. 전류를 측정하는 장비인 옴계

이것들이 전부 다 갖추어지면 작업 준비가 끝난 것이다. 먼저, 검댕 가루처럼 생기고 무게가 1그램 정도 나가는 탄소 나노튜브와 항체를 시험관에 함께 쏟아붓고 섞어야 했다. 쉽지 않은 작업이었다. 탄소 나노튜브들은 서로 달라붙어 다발을 형성하기 때문에 초음파를 쏘아 분리시켜야 했다. 초음파가 일으키는 진동이 다발을 찢어 놓아야 탄소 나노튜브를 실험에 사용할 수 있었다.

그다음엔 여과지 몇 장을 가로 0.5센티미터, 세로 5센티미터의 조각으로 잘라 검사지를 만들고, 나노튜브와 항체를 섞은 액에 그 종이를 적셨다. 각각의 검사지를 적시고 말리는 과정을 열세 번씩 거쳐야 했다. 공기 중의 습기 때문에 빨리 마르지 않아, 처음에는 한 벌을 만드는 데 스무 시간이나 걸렸다.

마침내 검사지를 진공관에 넣어 수분을 쫙 빼서 더 빨리 말리는 법을 터득했다. 우주 비행사들이 먹는 음식도 이와 같은 방식으로 만든다.

검사지가 마르고 나면, 그 위에 메소텔린 샘플을 얹어 단백질이 항체 결합체에 반응하는지 보았다. 검사지에 전극을 올려놓고 옴계를 사용하여 전기 펄스*를 측정했다. 힘든 작업이었다. 각 단계마다 시간이 많이 걸리고 단 하나의 실수도 용납되지 않았다. 내 이론이 옳다면, 측정값은 검사지에 묻은 항체들이 생체 지표

---

* 순간적으로 전압이 높이 올라갔다가 내려가는 것.

검사지와
탄소 나노튜브들

를 감지했음을 보여 줄 것이었다.

나는 미친 듯이 방정식을 풀었다. 전류 측정값과 단백질 용액의 양으로 그래프를 만들었다. 단백질의 양에 따른 반응의 변화를 알아보기 위해서였다. 검사지 한 벌에 대한 검사를 끝낸 후에야 내가 실수를 했는지 아닌지 알 수 있었다.

처음 한 벌은 망쳤고, 두 번째 검사지도 오염시켜 버렸다. 세 번째는 세 시간이나 더 걸렸지만 또 실패로 돌아가고 말았다. 그동안 엄마는 바깥 주차장에서 계속 나를 기다리고 계셨다. 시간이 늦어지고 있었다. 피곤했다.

마지막으로 한 번만 더 시도해 보기로 했다. 네 번째로 용액을 만들고 피펫으로 단백질을 빨아올려 나노튜브를 입힌 검사지 위에 떨어뜨린 다음, 옴계를 검사지에 연결하고 계산을 해 보았다.

'잠깐! 이게 뭐야?' 결과를 그래프로 그려 보니 뭔가가 달랐다. 그 수치는 내 검사법이 생체 지표를 감지한다는 사실을 증명해 주었다! 나는 다시 계산을 해 보았다. 착각이 아니었다. 옴계가 용액 속의 메소텔린 수치를 측정하고 있었다. 용액 속에 들어 있는 단백질의 양에 따라 전기적 성질의 변화 정도가 달라졌다. 이는 곧 내 검사법이 췌장암을 감지할 만큼 민감하다는 의미였다. 실험 결과들이 모든 예비 시험을 통과하고 있었다.

'정말? 정말 되는 거야?' 병적인 환희에 휩싸인 나는 아무것도 떨어뜨리지 않으려고 애쓰며 작은 실험실을 빙빙 돌면서 하이에나처럼 소리를 질렀다. 그때 문득 이런 생각이 떠올랐다. '늦은 밤이잖아. 진짜가 아니라 내가 보고 싶은 대로 본 건 아닐까?' 나는 도로 달려가 결과를 다시 확인해 보았다. 옴계를 드는 내 두 손이 벌벌 떨리고 있었다. 정말이었다. 내 가설이 옳았다.

'내가 해낸 거야?' 나는 그 순간을 다른 누군가와 함께 나누고 싶었지만 실험실은 텅 비어 있었다. 그제야 지금이 일요일 새벽 2시 30분이라는 사실을 깨달았다. 다른 사람들은 이미 몇 시간 전에 집으로 돌아갔다. '엄마! 엄마를 봐야겠어.'

불쌍한 엄마를 까맣게 잊고 있었다니! 엄마는 여전히 주차장의 차 안에서 졸며 날 기다리고 계셨다. 나는 엄마를 향해 전력 질주했다.

"엄마, 어떻게 됐게요?" 나는 활짝 미소 지으며 물었다.

잠에서 덜 깬 엄마는 눈을 뜨고 내게 미소를 보내셨다. 그러고는 끙 하고 앓는 소리를 내셨다.

"됐어요!" 나는 엄마에게 소리를 질렀다.

엄마는 말로 답하지 않으셨다. 소리를 지르기 시작하셨다. 나도 소리를 질렀다. 우리 두 사람 모두 소리를 질러 댔다.

나는 이 성취가 지닌 의미들을 생각해 보았다. 내 종이 센서는 5센트도 들지 않고 검사 시간도 5분이면 충분했다. 현재 검사법보다 더 빠르고 저렴하고 민감했다. 더 많은 생명을 구할 수 있었다.

마치 꿈을 꾸고 있는 것 같았다. 차를 타고 집으로 돌아오는 길에 엄마와 함께 목청이 터지도록 소리를 지르던 그 순간은 내 인생 최고의 추억 중 하나가 될 것이다. 하늘로 붕 떠오르는 기분이었다. 하지만 우리 집 차도로 들어설 때쯤 가슴을 찌르는 듯한 아픔이 느껴졌다. 누구보다 이 기쁨을 함께 나누고 싶은 사람은 테드 삼촌이었다. 삼촌이 살아 계셨다면 전화를 걸어 깨웠을 텐데……. 삼촌만큼 이 순간을 기뻐할 사람이 또 없을 텐데……. 진한 그리움과 아쉬움이 교차했다.

Breakthrough
How One Teen Innovator Is Changing the World

종이로
암을 진단하는
소년

꿈의 대회
ISEF에 참가하다

다음 날 아침 자명종이 울렸을 때 나는 전날과 똑같은 후드티를 입고 있었다. 내가 잠을 자기나 한 걸까? 그 순간 전날의 사건들이 섬광처럼 떠올라 침대에서 벌떡 일어났다. '정말이야? 혹시 내가 꿈을 꿨나? 내 검사법이 정말 효과가 있는 거야?'

나는 침대 옆에 있던 책가방을 열고 그래프를 그려 놓은 공책을 꺼내 훌훌 넘겨보기 시작했다. 전류 측정값을 기록해 놓은 그래프가 정말 있었다! 얼른 계산기를 꺼내 다시 계산을 해 보았다. 다행히 실수는 없었다. 신이 나서 아래층으로 뛰어 내려갔다. 아빠가 부엌에 서서 다 안다는 눈으로 날 보셨다.

"늦게 들어왔니?" 아빠가 신문 너머로 내게 미소 지으셨다.

물론 그랬다. 그리고 앞으로도 오랫동안 그래야 할 터였다. 인공 샘플로 메소텔린을 감지해 냈다고 해서 실험실에서의 작업이 다 끝난 것은 아니었다. 내 검사법이 인간의 췌장 종양 속 생체 지표도 나타내 줄 수 있는지 확인해야 했다.

나는 마이트라 박사님에게 이메일을 보냈다. 인공 샘플로 밝혀 낸 사실들을 알리고 인간 종양에 대한 검사를 시작하려면 새로운 장비들이 필요하다고 썼다. 박사님은 필요한 것을 준비해 주겠다고 약속하시면서, 내 성공이 자랑스럽다는 말씀을 잊지 않으셨다.

"와, 잘했다, 잭. 정말 흥분되는구나."

하지만 이다음 단계가 결코 수월치 않았다. 우리는 살아 있는 쥐를 사용해야 했다. 나는 흰담비족제비를 키우기 때문에 작고 털 달린 것에 대한 거부감은 없다. 하지만 쥐를 가스로 안락사시키는 것은 정말이지 고역이었다. 이 작업을 할 때마다 나는 차마 실험실에 있지 못하고 복도를 서성였다.

1월이 되자, 그간 인공 샘플로 진행했던 실험을 인간 샘플로 반복할 수 있었다. 이제 실험뿐만이 아니라, 다른 부분에서도 변화를 시도할 때였다. 인텔 국제 과학기술 경진대회, ISEF가 펜실베이니아 주 피츠버그에서 5월 12일에 열릴 예정이었다. 남은 넉 달 동안 마지막 전력을 다해 실험을 진행해야 했다. ISEF는 내가 몇 년 전부터 참가하기를 고대하고 있던 대회였다. 세계 최대 규모의 고등학생 대상 과학 경진 대회인 이 행사가 내게는 슈퍼볼, 월드시리즈, NBA 결승전, 스탠리컵, 올림픽을 다 합친 것보다 세 배는 더 중요했다.

ISEF가 오직 경쟁만을 위한 자리는 아니다. 이 대회에서는 6일 동안 과학·수학·기술 분야를 아우르는 행사들이 진행되고, 세계의 젊은 과학자들이 한데 모여 자신의 아이디어와 경험을 이야기하고 공유한다. 내가 생각하는 지상의 천국이 있다면 바로 이곳이다.

ISEF의 참가자들은 전 세계 700만 명의 고등학생들 중에 선발

된 사람들이다. 지역이나 전국 대회에서 입상한 1,800명만이 초대를 받는다. 이 아이들은 정말 놀라운 프로젝트들을 가져온다. 내 새로운 발견을 공개하는 데 이보다 더 좋은 곳이 없었다.

실험실에서의 작업이 마무리되자마자 내 연구 결과를 과학 경진대회에 출품할 준비를 하기 시작했다. 복잡한 과학을 하나의 이야기로 바꾸어 사람들을 매료시키려면 발표를 잘해야 했다. 내가 원하는 건 그냥 좋은 정도가 아니라, 정말 훌륭한 발표였다. 나는 내 프로젝트에 〈췌장암 진단을 위한 새로운 종이 센서〉라는 제목을 붙였다.

내 프로젝트를 ISEF로 가져가기 전에 실전 연습을 하고 싶었다. 그래서 비교적 여유롭게 준비할 수 있고 일정에도 무리가 안가는 다른 과학 경진대회를 검색해 보았다. 최대한 많은 대회에 참가해서 ISEF를 대비하려고 노력했다.

제일 먼저 홉킨스 과학 대회에 나갔다. 처음 나가는 대회였지만, 그 대단한 명성은 잘 알고 있었다. 이 대회는 내 프로젝트가 더 치열한 경쟁에서 어떤 평가를 받을지 가늠할 수 있는 훌륭한 시험대였다. 그곳에서 나보다 훨씬 더 노련하고 나이도 많은 대학원 연구자들과 정면 대결을 펼쳤다.

홉킨스 과학 대회에서 출품작을 진열하고 난 뒤, 주변을 둘러보니 낯익은 얼굴들이 많이 보였다. 하지만 누군지 단번에 기억이 나지 않았다. 그러다 번뜩 깨달았다. 바로 날 거절했던 박사들이었다. 그들은 대회장을 이리저리 돌아다니면서, 자신이 지도하는 내 경쟁자들을 응원해 주고 있었다. 그중에는 심사를 맡은 이들까지 있었다.

나는 화가 나서 얼굴이 벌게졌다. 나와 내 아이디어를 쓰레기 취급하던 무례한 편지 몇 통이 떠올랐다. 내가 그 사람들의 아까운 시간을 빼앗은, 그저 그런 아이가 아니라는 걸 보여 주고 싶었다. 물론 내 아이디어도! 시상식에 참석해서도 나는 내가 불리한 입장이라고 생각했다. 어린 나이 때문에 연구의 가치를 무시당할 게 뻔하다고 생각했기 때문이다. 그런데 뜻밖에도 내가 우승자로 호명됐다. 나는 충격을 받았다. 부모님의 표정을 보니 두 분도 마찬가지인 것 같았다.

나쁜 사람들은 아니구나, 하는 생각이 들었다. 박사들 중 한 사람이라도 혹시 축하 인사를 해 주지 않을까 싶어 시상대에서 시간을 좀 끌었다. 하지만 단 한 명도 아는 척해 주지 않았다.

우승의 기쁨은 잠시 접어 두고, 다시 ISEF에 집중했다. 내 프로젝트가 이론의 세계에서 벗어나 약국 선반에서 실제로 사람들을 구할 수 있으려면 주류 과학계의 도움이 필요했다. 중학교 때 연구한 모든 프로젝트들이 물론 자랑스러웠지만, 그중 현실 세계에서 실제로 활용된 것은 하나도 없었다. 다른 과학자들이 내 췌장암 연구를 더 높은 차원으로 끌어올려 줄 거라는 생각이 들었다.

그사이 학교에서는 마치 이중 스파이 같은 생활을 하고 있었다. 수업을 듣고, 숙제를 하고, 클로이와 어울려 다녔다. 할 일을 하면서 조용히 일상을 보냈다. 하지만 머릿속에서는 늘 소동이 일어나고 있었다.

'이 검사가 생명을 구할 수 있어.'

'우리가 알고 있는 췌장암을 이 검사가 끝내 버릴 수 있어.'

'이 검사법이 있었다면 테드 삼촌은 아직 살아 계실 텐데.'

밥을 먹을 때나 물을 마실 때나 잠을 잘 때나 오로지 ISEF 생각뿐이었다. 수업 시간에도 머릿속으로는 프로젝트 발표 연습을 반복했다.

"잭, 알고리즘에 대해서 한번 말해 볼래?"

"음."

"수업 듣고 있는 거야?"

"죄송합니다."

이렇게 멍한 상태로 어영부영 시간이 지나고, 드디어 대회 날 아침이 왔다. 엄마와 나는 낡은 스테이션왜건에 올라타고 피츠버그로 출발했다. 아빠와 형은 뒤에서 바짝 따라왔다. 호텔 방에 도착했을 땐 꽤 늦은 시각이었지만, 쉽게 잠들지 못했다. 수년 전의 ISEF 시상식 영상들을 보고 또 보았다. 다음 날 아침에는 들뜬 나머지 식사도 제대로 하지 못했다.

대회장으로 들어가자 7학년 때 형을 졸졸 따라다니면서 느꼈던 황홀한 기분이 되살아났다. 이 대회는 나의 꿈이었다. 나는 곧장 접수대로 향했다. 그런데 생각지 못한 재앙이 닥쳤다. 모든 것은 아주 단순한 질문 하나로 시작되었다.

"신분증 좀 보여 주시겠어요?"

어느 참가자든 정부가 발행한 신분증을 보여 주어야 대회장 안으로 들어갈 수 있었다. 나는 지갑을 확인해 보았다. 신분증이 없었다. 엄마를 쳐다보았다. 엄마는 나를 보셨다. 이럴 수가! 온통 대회 생각만 하다 보니, 단순히 대회장 문을 통과할 때 필요한 준비물을 까맣게 잊고 말았던 것이다.

"신분증을 안 가져왔어요."

'좀 도와주세요.' 하는 표정으로 최대한 불쌍하게 미소를 지어 봤지만, 사무적인 직원은 꿈쩍도 하지 않았다.

"죄송하지만, 신분증이 없으면 대회장에 들어갈 수 없어요." 그녀는 친절하면서도 단호한 목소리로 말했다. "그게 방침이에요."

나는 크게 심호흡을 했다. 이제 와서 돌아갈 순 없었다. 분명 해결 방법이 있을 거라고 믿었다.

"좀 봐주시면 안 될까요." 나는 간청했다. "설마 나쁜 사람이 과학 대회에 몰래 들어가려고 하겠어요?"

나는 억지로 웃었지만, 그녀의 얼굴은 바위처럼 굳어 있었다. 대회 준비는커녕 한 시간 내내 접수대 직원에게 빌어야 했다. 결국 그 직원이 알 수 없는 커튼 뒤로 사라지더니, 다른 사람과 함께 나타나 내게 등록 자료를 건네주었다.

"행운을 빌어요, 안드라카 씨."

나는 공식 명찰을 달고는 안도의 한숨을 크게 내쉬었다. 이제야 모든 것이 실감 나기 시작했다.

모든 참가자들에게는 그 주 내내 지도원 격의 담당자가 한 명씩 붙는다. 나도 내 담당자인 밸러리를 소개받았다. 밸러리는 대회장을 안내해 준 뒤 내 전시 공간을 보여 주었다.

대회 첫날, 모든 참가자들은 칸막이로 된 작은 방 크기의 전시 공간을 배정받았다. 시각적으로 사람들의 눈길을 끄는 동시에 이해하기 쉽도록 전시하는 것이 나의 비결이었다. 화려한 색채의 사진들을 많이 사용하고, 전시 내용을 방법론과 데이터 분석 등 대한 여러 부분들로 나누었다. 항체를 이용한 메소텔린 감지에 대한 부분도 포함시켰다. 그러나 내 옆으로 길게 줄지어 있는 다른 출품작들을 보자마자 곧 의기소침해지고 말았다.

'저 사람은 알츠하이머병 치료에 큰 돌파구를 뚫었구나. 내가 어떻게 저 사람을 이겨?'

'저 여자애는 단백질 연쇄반응 통로를 발견했네. 난 그게 뭔지도 모르는데!'

그날 밤 침대에 누워 대회장에서 봤던 다른 출품작들을 떠올려 보니 내가 수상할 가능성이 낮다는 생각이 들었다. 하지만 다음 날 아침에 깨어났을 땐 다시 긍정적인 기분으로 돌아와 있었다.

새 친구들과의
달콤한 휴식

둘째 날은 발표를 연습하고 전시물을 최종 점검할 수 있는 자유 시간이었다. 내가 전시물 앞에서 발표를 연습하고 있을 때 브래들리와 오언이라는 두 아이가 내 부스로 와서 출품작을 구경했다. 뉴저지에서 온 두 아이는 처음부터 나와 죽이 잘 맞았다. 그날 밤늦게 우리는 '핀 교환식'에 함께 가기로 했다.

ISEF 핀 교환은 올림픽에서 전 세계 선수들이 고국에서 가져온 핀을 서로 교환하는 것과 비슷한 행사이다. 나는 메릴랜드 주기州旗 이미지가 찍힌 핀과 메릴랜드를 주제로 한 스노볼을 가져갔다. 이것을 멕시코 솜브레로* 및 흥미로운 핀들과 교환했다.

교환이 끝난 후 나는 새 친구들과 함께 아메리칸 이글 클럽으로 갔다. 성대한 파티를 열기 위해 인텔이 그날 하루 빌린 곳이었다. 과학에 미친 사람들이 춤이나 제대로 출까 싶겠지만, 그건 착각이다! 무대 한가운데는 금세 콘서트장으로 변했다. 한껏 흥에 취한 나와 브래들리, 오언은 풍선으로 만든 DNA 모자를 쓰고 춤을 췄다.

우리는 밤늦게 클럽에서 나와 방으로 돌아갔다. 과거의 ISEF

---

* 밀짚이나 펠트로 만든 챙이 넓은 모자.

우승자들에 대한 이야기를 나누기 시작했을 때, 오언이 자기가 본 영상들을 언급하면서 우승자들이 하나같이 무표정한 얼굴로 점잖게 상을 받더라고 말했다. 심지어 몇몇은 미소도 짓지 않았다는 것이다!

"말도 안 돼." 내가 말했다. "인생 최고의 순간인데, 기분을 표출해야지!"

"만약에 내가 우승하면 무대까지 옆으로 재주넘기를 해서 가겠어." 오언이 말했다.

모두 웃었다. 그날 밤 우리는 서로에게 한 가지 약속을 했다. 우리 중 누구라도 운이 좋아서 상을 받으면 점잔 빼지 않기로. 새벽 3시가 다 되어서야 나는 춤을 추느라 녹초가 된 몸을 이끌고 비틀거리며 내 방으로 돌아갔다.

그다음에 기억나는 건 탕탕거리는 소리였다. 처음엔 내 머릿속에서 들리는 소리인 줄 알았는데, 그게 아니라 문 쪽이었다.

"잭, 거기 있는 거야? 이러다 늦겠어!" 밸러리가 문 너머에서 소리쳤다.

'젠장, 큰일 났다!' 대회의 가장 중요한 날, 심사의 날이었다. 클럽에서 오랫동안 몸을 흔들고 잠도 제대로 못 잔 터라 마치 트럭에 치인 양 온몸이 찌뿌둥했다. 밸러리에게 곧 나가겠다고 말하려 했지만, 내 입 밖으로 나오는 거라곤 기괴하고 탁한 쇳소리뿐이었다. 나는 공황 상태에 빠졌다. 잠을 거의 혹은 아예 못 자고 발표하는 것에 익숙해져 있었지만, 수화는 전혀 할 줄 몰랐다. 나와 달리 밸러리는 야무진 사람이었다. 그녀는 나를 한번 보더니, 지금 당장 내게 전해질이 필요하다고 말했다. 그러고 나서 2분 후 이온 음료 세 병을 들고 나타났다.

"마셔." 그녀가 명령했다.

나는 음료를 들고 최대한 빨리 대회장으로 전력 질주했다. 몸에 수분이 채워지자 목소리가 겨우 시간에 맞춰 돌아왔다.

'정말 고마워요, 밸러리!'

여섯 개 특별상의
주인공이 되다

나는 과학 경진대회에 참가할 때마다 아이디어를 발표하는 시간이 가장 좋았다. 어떤 술책이나 요령을 쓰기보다는 몇 가지 기본적인 지침만 따랐다.

'청중과 침착하게 시선을 맞출 것.'

'이를 드러내며 활짝 미소 지을 것.'

'바른 자세를 유지할 것.'

'가장 중요한 건 진실한 열정.'

열정을 대신해 줄 수 있는 것은 아무것도 없다. 거짓으로 꾸며 낼 수 있는 것도 아니다.

문이 열리고 수많은 사람들이 대회장 안으로 쏟아져 들어오자 나는 곧장 작업에 들어갔다.

"안녕하세요. 제 이름은 잭 안드라카입니다. 메릴랜드 주 크라운스빌에서 왔고, 열다섯 살이에요. 고등학교 1학년이고요."

나는 간단명료하게 해야 한다고 속으로 되새겼다. 내 아이디어를 최대한 많은 사람들에게 팔아야 하는 과학의 호객꾼이 됐다고 상상했다.

"그러니까 쉽게 말하면 다양한 질병들을 감지할 수 있는 종이 센서를 만든 겁니다. 예를 들자면 췌장암, 난소암, 폐암 같은 병들이죠. 이런 치명적인 병들은 생존율이 가장 높은 초기에 발견하는 것이 정말 중요하잖아요. 저는 이 중에서 특히 췌장암에 집중했습니다. 생존율이 극도로 낮기 때문이죠. 제가 만든 종이 센서에는 원자 굵기만 한 탄소관인 단일벽 탄소 나노튜브들과 암 생체 지표인 메소텔린에 대한 항체들을 섞은 액이 입혀져 있습니다."

발표가 진행될수록 점점 더 많은 사람들이 내 작은 전시관으로 모여들었다. 루크 형과 함께 왔을 때를 떠올려 보면, 사람들을 많이 끌어모으는 것이 중요했다. 일단 적은 인원이라도 모이고 나면 연쇄반응이 일어나듯 점점 더 많은 사람들이 몰려드는 경향이 있다. 그리고 전시관 주위에 모여 있는 사람들이 많을수록 심사관들의 눈길을 끌 수 있다. 나는 발표를 이어 나갔다.

"단백질을 이용한 현재의 암 진단법에 비하면 제 검사법은 더 빠르고, 2만 6,000배 더 저렴한 데다, 400배 이상 정확합니다. 블라인드 검사 결과, 제 센서는 100퍼센트 정확하게 췌장암을 발견했고, 암세포가 퍼지기 전에 진단해 냈습니다."

발표를 끝내고 나서 질문을 받았다. 이 대목에서는 미소를 지으려고 의식적으로 노력할 필요가 없었다. 자연스럽게 미소가 지어졌다. 긴장도 되지 않았다. 오랜 시간 고생한 끝에 여기까지 왔으니, 내 프로젝트에 대해 이야기할 수 있는 이 기회를 마음껏 즐기기로 했다. 몇 시간 동안 서서 똑같은 얘기를 반복하고 있자니 가끔 지루할 때도 있었지만, 통찰력 있는 질문들이 기운을 북돋아 주었다.

관객들의 흥분이 내게도 느껴졌다. 몇몇 심사위원들이 내 전시관 주변에 모여 있었고, 해당 부문의 심사위원장도 와 있었다. 아주 좋은 신호였다. 그렇게 이날의 일정이 끝나고 심사도 끝이 났다. 이제 내가 할 일은 결과를 기다리는 것뿐이었다.

그다음 이틀 동안 시상식이 열렸다. 첫날은 과학 협회·단체·업계가 주는 특별상을 시상하고, 둘째 날은 부문별로 1~4등까지 뽑고 나서 각 부문의 우승자들 중에 최고의 영예인 고든 무어 상을 비롯한 종합 입상자들이 결정된다.

대회 주최자들은 긴장감을 더하기 위해 특별상 시상식 전 여섯 시간 동안 공개 관람 시간을 마련했다. 여섯 시간 동안 화장실에 가지 못하면 탈수증상이 일어나지 않을까 걱정됐지만, 그럭저럭 잘 버텼다. 많은 사람들이 내 프로젝트에 관심을 보이며 계속 전시관 주위로 모여들었다. 가슴이 벅차올랐다.

승부욕이 대단한 다른 참가자들도 나를 인정해 주기 시작했다. 그들은 내게 '종이로 암을 진단하는 소년'이라는 별명을 붙여 주었다. 그간 들었던 수많은 별명 중에서 가장 마음에 들었다. 특별상 시상식장에서 수학 캠프 때 만났던 친구들 몇을 만났지만, 너무 긴장해서 그리 많은 얘기는 나누지 못했다.

마냥 시상식을 기다리고 있자니 무척이나 초조하고 괴로웠다. 예전에 형이 특별상을 받았을 때는 우리 마을에서 난리가 났다. 나도 상을 받고 싶은 마음이 간절했지만, 다른 출품작들이 워낙 훌륭했기 때문에 실망스러운 결과를 각오해야 할지도 모른다고 마음을 다잡았다. 원자로를 만든 아이까지 있었으니 말이다!

첫 수상자 발표에서 나는 상금 3,000달러가 걸린 특별상을 받았다. 브래들리, 오언과 했던 약속을 떠올리며 기쁨을 마음껏 발산했다. 시상자에게 달려가 강하게 꼭 안아 주었다. 그리고 객석의 사람들을 바라보았다. 내 최고의 순간을 어서 빨리 가족과 함께 나누고 싶었다. 눈물을 머금고 열광적으로 손뼉을 치고 계시는 엄마가 보였다. 나는 엄마의 품속으로 달려들었다.

"아빠랑 형은요?" 내가 물었다.

엄마의 두 눈이 번뜩였다. 그 눈빛이 무슨 의미인지 나는 잘 알고 있었다.

"두 사람이 늦네." 엄마는 이렇게만 말씀하셨다. 둘은 이제 곧 엄마의 분노에 큰 곤욕을 치르게 될 것이 뻔했다.

"정말 미안하다, 잭." 엄마가 이렇게 덧붙이셨다.

나는 괜찮다고 생각했다. 비록 두 사람은 이 중요한 순간을 놓쳤지만, 집으로 가는 길에 녹화해 둔 영상을 계속 재생하면 된다. '형한테 꼭 보여 줘야지!'

마침내 아빠와 형이 도착했다. 내가 두 사람에게 상을 보여줄 때 엄마는 둘을 정말 무섭게 쏘아보셨다. 놀랍게도, 아직 끝이 아니었다. 가족과 함께 나눌 순간이 더 남아 있었다. 그날 밤 나는 여러 개의 특별상을 받았고, 그때마다 시상자들을 엄격한 표정의 병장을 포함하여 꼭 껴안고 미칠 듯이 좋아하면서 이리저리 뛰어다녀 많은 사람들에게 눈도장을 찍었다.

해결이 불가능해 보이는 난문제를 다룬 프로젝트에 주어지는 구글 싱킹 빅Google Thinking Big 상의 수상자로 호명되었을 때는 거의 기절할 지경이었다. 그때쯤 엄마는 완전히 녹초가 되어 있었지만, 아빠는 한쪽 팔로 계속 나를 안고 계셨다. 감격스럽기도 하고 대견하기도 하셨겠지만, 내가 상을 많이 받으면 엄마의 분노가 잠시나마 사그라칠 테니 그 또한 아주 기쁘셨을 것이다. 흥분의 도가니에 빠진 그날 밤, 나는 특별상 여섯 개라는 놀라운 결과를 안고 비틀거리며 대회장을 나갔다. 내 영웅인 에이미 차오가

종이로 암을 진단하는 소년

184

ISEF에서 거둔 성적과 똑같았다. 나는 그날 밤 대부분의 특별상을 싹쓸이했다.

1등보다 값진 건
누군가의 희망이 되는 일

이제 부문별 최고상을 발표할 시간이었다. 의학 부문의 경쟁자들을 둘러보다가 알츠하이머병에 대한 획기적인 연구를 발표한 내 친구 오언이 눈에 띄었다. 그를 보자마자 이런 생각이 들었다. '오언이야. 오언이 받아야 해.'

하지만 정작 호명된 건 내 이름이었다. 그 자체로도 큰 영광이었지만, 한편으로는 이로써 내가 가장 큰 상인 고든 무어 상의 후보가 되었다는 사실에 가슴이 두근거렸다. 우승자는 연구의 탁월성뿐만 아니라, 그 연구가 과학계와 전 세계에 미칠 영향력을 근거로 선발된다.

대회의 하이라이트인 마지막 발표가 다가왔다. 우리는 넓은 강당에 다 같이 모였다. 내가 속한 부문의 발표는 마지막이었기 때문에 수상자들이 한 명씩 무대로 나가는 몇 시간 동안 꼼짝없이 앉아서 지켜봐야 했다. 아드레날린이 과하게 분비된 탓에 가끔씩 터져 나오려고 하는 비명을 애써 눌러야 했다.

드디어 그 시간이 왔다. 나는 몸을 똑바로 세운 채 미동도 하지 않았다. 숨도 제대로 쉴 수 없었다. 시상자가 발표를 시작했다.

"고든 무어 상의 3위 입상자는…… 니컬러스 시퍼입니다."

열일곱 살의 캐나다인인 그는 '마이크로 서치', 즉 트위터Twitter 나 페이스북Facebook의 글 같은 작은 양의 정보를 검색하는 방식에 대한 획기적인 연구를 발표했다. 그 연구는 언젠가 우리의 정보 접근 방식에 일대 혁명을 일으킬 것이다. 어떻게 그런 일을 해냈는지 정말 놀라웠다.

"고든 무어 상 2위 입상자는…… 애리 디코브스키입니다."

그가 2위라는 사실이 믿기지 않았다. 애리의 출품작이 우승할 거라고 생각했다. 버지니아에서 온 열여덟 살의 애리는 원자들이 '얽힘Entanglement'이라는 과정을 통해 서로 연결되기만 하면, 정보를 가진 한 원자의 양자 상태가 파괴될 때 그 원자 속에 든 정보가 다른 원자에 나타난다는 사실을 발견했다. 이 방법을 이용하면, 국가 안보 기관들처럼 높은 수준의 데이터 안보를 필요로 하는 조직들은 암호화된 메시지를 도중에 빼앗길 위험 없이 전달할 수 있다. 정보가 새로운 위치로 이동하는 것이 아니라, 그곳에 그냥 나타나기 때문이다.

나는 혼란스러워지기 시작했다. 저 아이를 누가 이길 수 있단 말인가? 두 입상자는 무대에 서서 활짝 미소 지으며, 70개국에서

무대로
뛰어 올라가는
나

온 다른 학생들을 바라보고 있었다. '1등은 보나 마나 원자로를 만든 아이겠지. 그 애가 우승이야.'

"7만 5,000달러의 상금과 함께 2012년 고든 무어 상을 받을 사람은 의학 부문의……."

'의학 부문이라니! 나야! 나라고!'

시상자가 말을 마칠 때까지 기다리고 있을 수가 없었다. 내 몸이 그걸 용납하지 않았다. 나도 모르게 두 팔을 들어 올리고 자리에서 벌떡 일어났다. 비명을 지르고 숨을 헐떡거리며 무대로 뛰어 올라갔다.

거대한 텔레비전 스크린을 올려다보았다. 거기에 큼직하고 굵은 글씨로 세 단어가 떴다.

"잭 토머스 안드라카!"

'나야!' 앞에 있는 거대한 화면에 무대로 뛰어 올라가는 내 모습이 실시간으로 보였다. 음악이 흐르고 박수갈채가 들렸다. 하마터면 숨이 멎을 뻔했다.

무대로 올라간 나는 무릎을 꿇고 시상자에게 절을 했다. 그녀는 웃으며 내게 상을 건네주려 했다. 나는 일어나서 그 어떤 수상자보다 강하게 그녀를 껴안고는 번쩍 몸을 들어 올렸다.

상을 받은 뒤 몸을 돌려 관객석을 바라보았다. 자꾸만 터져 나오는 괴성을 멈출 수가 없었다. 내 뒤의 어딘가에서 색종이 가루가 터져 나왔다. 그러고 나서 발표가 이어졌다.

"자, 신사 숙녀 여러분, 2012년 인텔 과학기술 경진대회의 우승자를 소개하게 되어 영광입니다."

색종이 가루가 비처럼 쏟아져 내렸다. 객석의 얼굴들을 하나하나 알아볼 수 있었다. 뉴저지에서 온 새 친구들도 보이고, 수학 캠프에서 사귄 친구들 몇 명도 눈에 띄었다. 아빠는 두 눈에 눈물이 그렁그렁하셨고, 엄마는 아빠 옆에서 환하게 미소 짓고 계셨다. 형은 내가 대견스럽다는 표정이었다.

나는 입을 벌린 채 울고 있었다. 무대 위에 서 있으니 실험실에서의 기나긴 작업, 웨스턴 블롯과 단둘이 보낸 수많은 밤, 바닥에 남긴 작은 얼룩이 머릿속을 스쳐 갔다. 미움받고 왕따당하고 거부당했던 일이 기억나고, 내게 기회를 주신 마이트라 박사님도 떠올랐다. 내가 우리 가족을 얼마나 사랑하는지, 그리고 가족의 응원으로 우울증에서 벗어나 이 순간까지 온 여정을 생각했다. 무엇보다 테드 삼촌이 그리웠다. 세상을 떠난 누군가를 계속 사랑할 수도 있구나.

이 모든 것들을 감당하기가 벅찼다. 2년 전만 해도 학교 식당에서 아무도 나와 함께 앉으려 하지 않았는데, 상을 받고 나서 몇 분 지나지 않아 내가 존경하는 아이들이 몰려들어 사인을 요청했다.

"축하해, 잭!"

"기분이 어때?"

"사인 좀 해 줄래, 잭?"

사람들 사이에 아저씨 한 분이 있었다. 심사위원이 아니라 초대받아서 온 손님이었다. 나를 둘러싼 나머지 사람들과 달리 아저씨는 심각한 표정을 짓고 계셨다.

"너한테 고맙다는 인사를 하고 싶구나." 아저씨가 내 손을 꼭 붙잡으셨다.

"고맙다고요? 왜요?"

아저씨는 바로 말을 잇지 못하고 눈시울을 붉히셨다.

"6년 전에 아주 사랑하는 사람을 췌장암으로 잃었단다." 아저씨의 뺨으로 눈물이 주르륵 흘러내렸다. "너를 보니까, 네가 말하는 걸 듣고 있으니까…… 다시 희망이 느껴져."

나는 생전 처음 보는 이분을 따뜻하게 안아 드렸다. 그리고 테드 삼촌에 대해, 삼촌이 내게 얼마나 큰 의미였는지에 대해 이야기했다.

"분명 그분이 널 대견해하고 있을 거야." 아저씨는 마지막으로 한 번 더 내 손을 꼭 쥐고는 자리를 뜨셨다.

행사가 끝난 후 우리 가족은 곧장 포토맥 강으로 가서 카약을 탔다. 급류를 헤치고 나가면서 나는 한 주 동안 있었던 일을 되돌아보았다. 고든 무어 상까지 받으며 화려한 시간을 보냈지만, 가장 큰 의미가 있었던 건 그 아저씨의 말이었다는 사실을 깨달은 순간이었다. 갑자기 감정이 벅차올랐다.

Breakthrough
How One Teen Innovator Is Changing the World

**유명인이 된
잭 안드라카**

수천 건의 인터뷰,
꿈만 같은 나날들

고든 무어 상을 받고 나서 72시간이 지나서야, 며칠 동안 계속 울려 대던 전화기를 확인할 수 있었다. 읽지 않은 새 메시지들이 넘쳐 났다. 대부분은 페이스북과 트위터에 전혀 모르는 사람들이 남겨 놓은 메시지들이었다. 인터넷으로 내 이름을 검색해서 계정을 찾은 사람들이 흥분된 순간을 함께 나누기 위해 내게 연락을 취한 것이었다. "정말 대단하다." 같은 단순한 칭찬에서부터 도무지 믿을 수 없다는 반응까지 메시지 내용도 각양각색이었다.

"췌장암을 예방할 수 있는 방법을 정말 찾았어요?"

"열다섯 살이라는데, 진짜예요?"

"어떻게 한 거예요?"

처음엔 모두 답해 주려고 했지만, 계속 밀려드는 메시지를 따라잡을 수가 없었다. 다른 문제들도 있었다. 언론을 상대할 준비를 해야 했던 것이다.

일반적으로 ISEF 우승자는 매스컴에 크게 보도되지 않는다. 형이 특별상을 받았을 때처럼 고향의 신문들은 나를 인터뷰하고 좋은 기사도 써 주겠지만, 대체로 그리 큰 주목을 받진 못한다.

크라운스빌로 막 돌아왔을 때 첫 인터뷰 요청 전화를 받았다. CNN의 아침 프로그램인 〈얼리 스타트Early Start〉였다. 엄마에게 소식을 들었을 때 나는 다리에 힘이 풀렸다. 프로듀서들은 엄마와 내게 하루 일찍 뉴욕 시로 와서 한 고급 호텔에 묵으면 어떻겠냐고 물었다. 우리는 두 번 생각할 것 없이 좋다고 했다.

그 인터뷰는 내가 상을 받은 지 일주일도 지나지 않은 5월 23일로 잡혔다. 호텔에 체크인할 때 프런트 직원이 우리가 주문하는 것은 모두 CNN이 계산할 것이라고 말했다. 공짜 밥을 거절할 리 없는 엄마와 나는 룸서비스로 치즈 버거를 시켜서 맛있게 먹었다.

다음 날, 우리를 CNN 본사까지 데려다줄 검은 차가 호텔 밖에서 기다리고 있었다. 방송국 로비에서 만난 직원의 안내를 받아 어떤 방으로 들어가 보니, 크리스피 크림 도넛, 머핀, 그리고 너무 비싸서 우리 가족은 사 먹을 엄두도 내지 못하는 음료수들이 병째로 쌓여 있었다.

"이거 누구 먹으라고 있는 거예요?" 엄마에게 물어보았다. 주위를 둘러보았다. 방 안에는 우리 둘밖에 없었다.

"우리 먹으라고 갖다 놨나 봐." 엄마가 말씀하셨다.

나는 고급 초콜릿 우유 두 병을 마셨다. 평소 초콜릿 우유라면 사족을 못 쓰는 터라, 가방을 가져가지 않아서 몇 개 더 챙겨 올 수 없는 것이 못내 아쉬웠다. 게다가 프로듀서가 분장을 받을 시간이라고 재촉하는 통에 먹음직스럽게 윤기가 흐르는 도넛들도 먹지 못했다. 나는 엄마를 보았다. 엄마는 내 마음을 다 안다는 듯

웃으셨다.

프로듀서는 나를 의자에 앉히더니 거울 쪽으로 획 돌렸다. 이번에는 마치 패션 잡지에서 걸어 나온 듯한 여자가 다가와서, 살짝 유황 냄새가 나는 파우더를 내 얼굴에 발라 주었다. 분장이 끝난 후 장밋빛이 도는 내 얼굴을 보고 씩 웃었다. '이제 시작이야!'

세트장으로 올라가는데, 조명이 밝고 뜨거웠다. 나는 분장이 땀과 섞인 채 굳어서 마치 충격받은 표정처럼 보일까 봐 걱정스러웠다. 프로듀서가 나를 무대 위 의자로 데려갔고, 곧 프로그램 진행자인 앨리나 조를 소개받았다. 그녀는 내 바로 맞은편에 앉아 종이 한 묶음을 훌훌 넘기면서 몇몇 메모들을 검토했다. 카메라 뒤에 선 남자가 카운트다운을 시작했다. 5, 4⋯⋯. 그리고 3부터 손으로 신호를 주다가 1 다음에는 우리를 가리켰다. 카메라에 녹색 불이 들어왔다. 짧은 도입부 영상 후 생방송이 시작되었다.

앨리나가 내게 첫 번째 질문을 던졌다.

"어떻게 그런 생각을 하게 됐어요? 가족처럼 지내던 친구 분에게서 영감을 받았다면서요?"

나는 침을 꿀꺽 삼켰다. 진행자가 미소 지으며 나를 보고 있었다. 엄마는 세트장 밖에 계셨다. 내 주위로 카메라가 360도로 회전하며 돌아가고 있었다. 긴장됐지만, 과학 경진대회에서 여러 번 한 얘기였기 때문에 답변이 자동적으로 술술 나왔다.

"그분이 병으로 돌아가신 후에 췌장암의 조기 발견에 관심을 갖게 됐어요. 사망률이 그렇게 높은 이유 중 하나가 병의 발견이 늦어서니까요."

말을 시작하자마자 긴장감은 눈 녹듯 사라졌다. 난 그 순간을 즐기고 있었다. 다음으로 앨리나는 내가 ISEF에서 상을 받는 영상을 틀었다.

"참 놀라워요." 그녀는 웃으며 말했다. "두세 번은 돌려 봤어요."

마치 유체 이탈을 경험하는 듯한 놀라운 순간이었다. 텔레비전 방송에서 인터뷰를 하고 있는데, 작은 텔레비전으로 나를 보면서 나에 대한 질문을 받다니. 물론 이 모습 역시 방송되고 있었다. 엄마는 세트 옆에서 지켜보고 계셨다. 아빠와 형은 집에서 수많은 시청자들과 함께 텔레비전을 보고 있었다.

앨리나가 내게 출연해 줘서 고맙다는 인사를 한 후 모든 것이 끝났다. 나는 새로운 경험을 한 것이 무척 기쁘기도 하고, 실수를 하지 않았다는 사실에 안도하기도 했다. 몇 시간이나 걸려 이곳에 와서 분장을 받고 한껏 기대감에 들떠 있었는데, 실제 인터뷰는 겨우 몇 분뿐이라니 이상한 기분이 들기도 했다. 스튜디오 밖으로 안내받아 나가자 방송을 지켜보고 있던 엄마가 내게 뛰어오셨다.

"잭, 정말 대견하다! 잘했어!"

크라운스빌로 돌아오는 길에 우리는 기쁨을 억누를 수가 없었다. 내 프로젝트가 전국에 알려지게 된 것이다. 이제는 다음 프로젝트를 생각하며 앞으로 나아갈 때였다.

집으로 돌아와 짐을 다 풀기도 전에 ISEF의 언론 홍보 담당에게서 전화가 왔다. 목소리를 들으니 화가 난 것 같았다. 그녀의 사무실로 인터뷰 요청이 밀려들어서 감당하기가 힘들다는 것이었다.

"이런 일은 처음이에요. 어떻게 처리해야 할지 모르겠는데, 우리가 어떡했으면 좋겠어요?"

"뭐, 괜찮아요. 잭은 인터뷰를 좋아하니까요." 엄마가 답하셨다. "그냥 하겠다고 하세요. 우린 시간 낼 수 있어요. 요청이 얼마나 왔어요? 열 건? 스무 건?"

약간의 침묵이 흐른 후 답이 돌아왔다.

"수천 건이요."

평생 처음으로 엄마와 나는 완전히 할 말을 잃었다.

**"맙소사! 우리가
몰리 세이퍼를 죽였나 봐"**

광란에 휩싸인 몇 주를 보낸 후 이젠 학교로 돌아갈 시간이었다. ISEF에 참가하고 맨해튼까지 다녀오느라 거의 2주를 통째로 빼

먹었다.

아침은 여느 평일과 똑같이 시작되었다. 5시 반에 일어나 15분 동안 샤워를 하고 얼른 스크램블드에그를 몇 개 만들어 먹은 다음 이를 닦았다. 6시 반에는 아빠 차의 조수석에 앉아 있었다. 학교까지는 30분 정도 걸렸다. 선생님들이 어떤 반응을 보일지 짐작이 가지 않았다. ISEF에 참가한 거야 괜찮겠지만, 뉴욕까지 다녀온 건 문제가 될 수 있었다.

"생물학 시험을 못 쳤어요." 아빠에게 말했다.

"선생님들이 네가 놓친 부분을 보충하게 해 주시겠지."

"그랬으면 좋겠네요."

학교에 도착해 보니 모두가 사물함 앞에서 분주히 움직이고 있었다. 책을 가방에 넣는 소리, 사물함이 열리고 닫힐 때 철커덕거리는 소리, 그리고 학생들이 복도를 지나가며 서로에게 던지는 아침 인사…… 아무것도 변하지 않은 학교를 보니 어쩐지 기분이 이상했다. 그런데 아침 종이 울리기 몇 분 전에 스피커에서 이런 말이 울렸다.

"잭 안드라카의 고든 무어 상 수상을 축하합니다."

그 단 한 문장으로 나의 두 세계가 하나로 합쳐지는 듯한 느낌이 들었다. 고등학생이 되고 나서 아이들과 그리 활발하게 교류하지 않았고, 내 프로젝트에 대한 얘기도 거의 하지 않았다. 아무래도 중학교 때의 안 좋은 기억이 아직 완전히 가시지 않아서였을 것이다. 사람들에게 외면당하고 미움받은 상처는 쉽게 치유되지 않는다. 물론 지역 과학 경진대회에서 우승한 후로는 숨기는 것이 불가능했지만, 그때까지는 학교 밖에서 연구하고 있던 프로젝트를 다른 아이들에게 떠벌리지 않았다. 그린데 이제 나의 두 세계가 서로 충돌했고, 놀랍게도 그 기분이 괜찮았다.

복도를 지나가는 동안 몇몇 아이들이 축하 인사를 건넸다. 나는 데이미언의 사물함 옆을 지나치면서 걸음을 늦추었다. 순간 우리의 눈이 마주쳤다. 녀석이 지역 경진대회에서 내 프로젝트가 형편없다고 말한 뒤 처음이었다. 나는 빙긋 웃었다. 데이미언은 나를 본척만척하며 고개를 돌려 버렸다.

그 후로는 여느 날과 다름없었다. 그런데 스페인어 수업에 들어갔더니 선생님이 내 우승을 축하하기 위해서 'Feliciaciónes, Jack!^{축하해, 잭!}'이라고 적힌 커다란 케이크를 준비해 오셨다. 난 그 케이크가 마음에 들었다. 수업을 들은 모든 아이들에게 한 조각씩 돌아갔다. 나중에 생물학 선생님을 찾아가서 뉴욕에 다녀오느라 놓친 시험을 치게 해 달라고 부탁했다. 선생님은 걱정 어린 내 표정을 보고는 웃음을 터뜨리셨다.

"잭, 그걸 말이라고 하니? 당연히 되지!"

마음이 놓였다. 고등학생도 되고 했으니 과학에서 좋은 성적을 받고 싶었다.

1학년이 끝나 갈 때쯤엔 언론 매체들의 관심도 줄어들 거라고 예상했다. 하지만 오히려 내가 ISEF에서 수상하는 영상이 급속도로 퍼져 인기를 끌고 있었다. 정말 놀라운 점은 내게 관심을 보이는 아이들이 과학밖에 모르는 괴짜들이 아니라는 사실이었다. 그들 중 다수는 평소에 과학이나 수학에 전혀 관심이 없던 아이들이었다.

6월 둘째 주 주말까지 우리 집 거실에 있는 전화기는 여러 기자들의 인터뷰 요청으로 쉴 새 없이 울려 댔다. 그들 중에는 〈스미스소니언Smithsonian〉, 〈디스커버리Discovert〉, 〈파퓰러 사이언스Popular Science〉처럼 내가 좋아하는 잡지의 기자들도 있었다. ABC 〈월드 뉴스World News〉와 BBC 같은 전국 방송사의 텔레비전 제작진도 나와의 인터뷰를 원했다.

"이게 무슨 난리예요?" 나는 인터뷰 요청 목록을 읽어 내려가며 엄마에게 물었다.

"사람들이 널 보고 과학을 재미있는 놀이로 생각하기 시작했나 봐."

CBS의 시사 보도 프로그램인 〈60분60 Minutes〉으로부터 연락이 왔을 때는 엄마조차 그 제안을 덥석 수락하지 못하셨다. 전설적인 기자인 몰리 세이퍼Morley Safer가 우리 집에 와서 가족을 인터뷰할 수 있겠느냐고 물었던 것이다.

며칠 후 정말로 몰리 세이퍼가 카메라 팀과 보조자들을 데리고 왔다. 모두 자리에 앉자, 세이퍼는 내가 일요일 밤마다 텔레비전에서 그토록 많이 들었던 그 유명한 목소리로 질문을 던지기 시작했다. 우리 가족과 나는 차례로 돌아가면서 내 어린 시절에 대해, 우리가 좋아하는 활동에 대해, 그리고 지하실에서 즐겨 하는 실험에 대해 이야기했다.

"지하실에서 실험을 한다고요?" 몰리가 물었다. "좀 볼 수 있을까요?"

엄마는 불안한 표정을 지으셨다. 지하실에 뭐가 있는지 모르고 계셨으니까.

"심하게 난장판일 텐데, 그렇지, 얘들아?"

엄마는 동의를 구하는 듯 우리를 쳐다보셨다. 모르는 사람, 그것도 몰리 세이퍼에게 그곳을 보여 주기는 싫으셨던 것이다. 루크 형과 나는 전혀 어머니를 도와주지 않았다. 어머니의 말씀을 못 들은 척하며 가만히 앉아 있었다. 사실은 나도 한동안 지하실에 가 보지 못해서 그곳이 어떤 상태인지 정확히 모르고 있었다. 하지만 몰리 세이퍼의 부탁을 무슨 수로 거절한단 말인가. 그것도 우리 집 거실에서 나와 마주 앉아 있는데.

"한번 가 봅시다."

세이퍼는 대답을 기다리지 않고 카메라 팀에게 손짓을 보냈다. 우리는 그를 앞장세운 채 지하 실험실로 이어지는 좁은 계단을 내려갔다. 다음 순간, 쿵 하는 소리가 크게 들리더니 작은 신음 소리가 이어졌다. 몰리 세이퍼가 계단에 있던 전선들에 발이 걸린 것이다. 그는 지하실 바닥에 얼굴을 처박은 채 꼼짝도 하지 않았다. 우리는 안드라카 가족의 지하실 바닥에 미동도 없이 누워 있는 여든 살의 텔레비전 스타를 내려다보며 얼어붙은 듯 서 있었다.

'맙소사, 우리가 몰리 세이퍼를 죽였나 봐!' 제작진과 우리 부모님이 세이퍼를 돕기 위해 급하게 달려갈 때 미세한 움직임이 보였다. '휴, 다행이다. 죽지는 않았구나!'

"난 괜찮아요." 세이퍼가 말했다. 그는 도움을 거절했다. 혼자힘으로 일어나서, 마치 아무 일도 없었던 것처럼 인터뷰를 이어나갔다.

〈60분〉과의 인터뷰는 그 파급 효과가 대단했다. 내가 방송에 출연하면 할수록, 나를 만나고 싶어 하는 텔레비전 기자들도 점점 더 늘어났다. 그 방송이 나간 직후, 클린턴 부부가 세운 자선단체인 클린턴 글로벌 이니셔티브Clinton Global Initiative의 한 행사에 초대받았다. 부자 CEO들, 이름도 처음 들어 본 유명 인사들, 그리고 물론 행사의 주인공인 클린턴 부부가 참석한 큰 만찬회였다.

전직 대통령인 빌 클린턴Bill Clinton이 연회장에 들어오자마자 모든 사람들이 그분을 바라보았다. 마치 자신만의 중력을 가진 듯 존재감이 어마어마한 분이었다. 그분이 내게 다가와 내 손을 잡으셨다.

"만나서 반갑다. 과학 대회에서 상을 받았다지?"

'와, 빌 클린턴이 날 만나서 반갑다고 그런 거야?'

내가 빌 클린턴과
악수를 나누다니!

"축하한다." 그분이 말씀하셨다.

엄마가 사진을 찍어도 되느냐고 묻자 기꺼이 허락해 주셨다.

전직 대통령과 악수를 나눴다는 충격에 휩싸인 채 멍하니 자리에 앉았을 때, 누군가가 내 스프라이트 잔을 치워 버렸다는 사실을 알았다. 그때 힐러리 클린턴 국무 장관이 활짝 미소 짓는 얼굴로 내게 다가오셨다.

"내가 네 잔을 가져간 거니?"

힐러리 클린턴과 함께

어색한 순간이었다. 그분이 내 잔을 가져간 건 사실이었지만, 나는 장관님이 내 잔을 훔쳐 갔다고 말할 생각은 없었다.

"괜찮아요. 별일도 아닌데요, 뭘." 나는 사과하는 투로 말했다.

장관님은 잔을 돌려주시고는 내 옆자리에 앉으셨다.

"네 얘기 좀 해 주지 않을래?" 장관님이 말씀하셨다.

그때까지 내 이야기를 수도 없이 해 봤지만, 이번엔 조금 달랐다. 장관님은 내가 하는 말에 귀를 기울이면서 놀라울 정도로 따뜻한 배려를 보여 주셨다. 내가 한창 얘기를 하고 있을 때 장관님의 딸인 첼시 클린턴 Chelsea Clinton이 다가와 내 머리를 만지며 "머리예쁘다."라고 말을 건네기도 했다.

이야기를 마친 후 나는 장관님에게 솔직히 정치에 대해서는 잘 모르겠다고 말했다. 장관님은 이렇게 대답하셨다.

"아, 정치는 네 생각만큼 그렇게 복잡하지는 않아. 〈퀸카로 살아남는 법〉이라는 영화 봤니? 뭐, 정치도 비슷해. 정치인들이 서로 다른 파벌을 이루고 있고, 난 그들 사이에서 교묘한 책략으로 임무를 완수하는 거지."

"와. 어떻게 보면 고등학교 생활이 계속 이어지는 거네요."

"잘 이해했구나!"

이보다 더 꿈 같은 일은 이제 없겠지 싶었는데, 2학년이던 10월에 시사 코미디 프로그램인 〈콜베르 리포트 The Colbert Report〉에 초대받았다. 거의 내내 앉아서 웃기만 했지만 아주 재미있는 경험이었다. 특히 스티븐 콜베르 Stephen Colbert 가 내 능력을 악한 일에 사용할 생각은 한 번도 해 본 적이 없느냐고 물어봤을 때가 좋았다.

카메라가 꺼진 상태에서 얼마간 얘기를 나누었을 때, 방송과는 무척이나 다른 콜베르의 진짜 모습은 무척 인상적이었다. 내가 거둔 성과를 축하해 주고 승승장구하라고 말해 준 그는 텔레비전에 비치는 모습과는 전혀 딴판이었다. 그의 말투는 아주 진지하고 진실했다.

ISEF에서의 우승 이후 가장 신기한 순간은 시아카 연구·발전상 Sciacca Award in Research and Development 을 받고 프란치스코 Francis 교황님을 알현한 12월에 찾아왔다. 이젠 모든 것이 비현실적으로 보였기 때문에, 그런 일이 벌어져도 그리 이상하게 생각되지 않았다.

바티칸에 도착한 엄마와 나는 널찍하고 화려한 방으로 안내받았고, 그곳 직원들에게 교황님을 만날 때 할 수 있는 일과 없는 일에 관한 규칙을 전해 들었다.

"무슨 일이 있어도 교황님의 몸에 손을 대서는 안 됩니다." 주의를 주기보다는 취조하는 듯한 말투였다. 그들의 표정을 보니 결코 농담이 아니라는 걸 알 수 있었다.

마침내 모습을 드러낸 프란치스코 교황님은 교황복 차림에 큼직한 모자를 쓰고 계셨다. 그분은 느릿느릿 걸으셨고, 아주 약해 보이셨다. 교황님이 다가왔을 때 나는 악수를 나누거나 포옹해서는 안 된다는 사실을 되새기면서 숨을 죽였다. 교황님은 내게서 두 발짝 정도 떨어져서 내 눈을 똑바로 쳐다보며 낯선 언어로 말씀하셨다. 말을 마치신 후 교황님은 나를 응시하며 반응을 기다리셨다. 뭘 어떻게 해야 할지 알 수 없었다. 엄마를 보니, 마치 멀리 있는 뭔가를 보려고 애쓰는 사람처럼 아주 긴장된 표정을 짓고 있었다. 그때 교황님이 또 말씀하셨다. 이번엔 다른 언어였다. 나는 미소 지으며 고개를 끄덕였다. 네 번째에 비로소 교황님의 입에서 영어가 나왔다.

"수상 축하합니다."

"정말 고맙습니다." 나는 허리께에 두 손을 꽉 붙인 채 대답했다.

환호의
빛과 어둠

집에 돌아온 나는 아무런 특별 대우도 받지 못했다. 평소와 똑같이 내 방을 청소하고, 쓰레기를 버리고, 우리가 키우는 흰담비 족제비 지니 위즐리와 파이드로스를 먹이고 씻겨야 했다.

나의 고등학교 2학년 생활은 강연과 인터뷰의 연속이 되고 말았다. 다른 아이들과의 교류는 거의 없었다. 내가 만나는 사람은 대부분 기자들이었다. 나는 똑같은 질문에 계속 대답해야 했다. 마치 기계가 된 듯한 기분이었다.

"네, 이렇게 인정받으니까 기분 좋아요."

"아니요, 상을 받을 거라는 예상은 못했어요."

다행히도 우리 학교는 무간섭 방침을 취해서, 내가 시험만 잘 본다면 결석을 문제 삼지 않겠다고 했다. 어쩌다 학교에 나가면, 내가 중퇴한 줄 알고 있던 몇몇 선생님들은 나를 보고 깜짝 놀라셨다. 하지만 2학년이 되고 나서 첫 몇 주 동안 학교에서 화제가 된 사람은 내가 아니라 당시 졸업반이던 형이었다.

어느 날 학교 직원이 엄마에게 전화하여, 지금 당장 학교로 와서 형을 말려 달라고 말했다. 형은 학교 실험실에 아크 전기로*를

---

* 아크방전을 이용한 전기로.

207

만들어 놓고는 그 전기로가 540도 가까이까지 가열될 수 있다고 말해 선생님들을 걱정시켰다. 형이 강철 나사를 녹여 그 말을 증명해 보이자 선생님들의 불안감은 훨씬 더 커졌다. 엄마는 학교로 달려가 형과 함께 전기로도 데려왔다. 그 전기로는 우리 집 지하실에서 여러 프로젝트들 사이에 한자리를 차지하게 되었다. 몰리 세이퍼가 쓰러졌던 곳, 그 바로 왼쪽에.

대부분의 사람들은 나를 응원해 주었지만, 과학계 내에서는 내 검사법의 효력을 의심하는 목소리도 조금 있었다. 아마도 내 나이에 그런 발견을 했다는 사실이 믿기지 않아서였을 것이다. 몇몇 비판자들은 나를 인신공격하는 데 혈안이 되어 있는 듯했고, 나는 자연스레 중학교 시절이 떠올랐다. 한 주요 간행물은 나의 성과를 축하해 줄 수 없는 이유를 무려 1,000단어로 설명하기지 했다.

내 성정체성에 대한 공격도 있었다. 나는 동성애자 롤모델이 되려고, 혹은 내 성정체성을 공개적으로 논하려고 사람들 앞에 나선 것이 아니었다. 다만 아이디어를 다른 사람들과 공유하는 과학자가 되고 싶었다. 하지만 동성애자라는 면모도 나의 일부이기 때문에 인터뷰에서 그 문제가 언급되었을 때 솔직히 답했다. 전에 숨기려고 한 적도 있었지만 결과가 별로 좋지 않았기 때문이다. 또 과학 경진대회에 나가며 처음으로 과학계에 발을 들였을 때 '나 같은 사람들은 어디 있지?'라고 생각했던 기억이 났다.

어쩌면 내 이야기가 자신의 성정체성을 밝히려 하는 아이에게 도움이 될지도 몰랐다. 악성 메일을 받을 때마다 나는 다른 십대 동성애자들이 보내 준 메시지를 떠올리려 애썼다. 악성 메일은 한두 통으로 끝나지 않았다.

"게이 새끼들은 지옥 불에 타 죽는다는 거 알지?"

대개는 제목을 보면 알 수 있기 때문에 열어 보지 않으면 그만이었지만, 가끔은 호기심이 원수였다.

"죄악을 버리고 도덕적인 인생을 살고 싶다면 내 메일을 읽어 봐. 지금도 늦지 않았어, 잭."

그러나 가장 곤란한 것은 췌장암으로 누군가를 잃은 사람들이 내 검사법을 언제 사용할 수 있느냐고 묻는 이메일이었다. 안타깝지만, 나는 시간이 좀 걸릴 거라고 답할 수밖에 없었다. 내 검사법은 아직 완성되지 않았다. 좀 더 다듬어야 하고, 내가 발견한 사실들을 과학 잡지에 발표하여 다른 과학자들의 평가도 받아야 한다. 마이트라 박사님의 말씀대로, 아직 예비 단계에 있다. 환자들의 샘플로 이 방법이 인간의 혈청에서도, 메소텔린 수치가 낮을 때에도 일관되게 암을 발견해 낼 수 있는지 증명해야 한다. 그다음엔 약이나 시약처럼 우리 몸에 들어가는 거의 모든 것들의 안전을 확인하여 국민의 건강을 책임지는 정부 기관인 FDA의 허가를 받아야 한다.

FDA의 심사를 빨리 통과할 수 있는 방법은 없다. 아주 간단한 프로젝트 하나도 허가를 받으려면 수년이 걸릴 수 있다. 아직 결정 보류 중인 질병 치료법이나 약의 통과를 기다리고 있는 수백만 명 가운데 한 사람이 된다면, 기다리는 시간은 특히 더 힘들 것이다. 내 검사법이 시장에 나오려면 5년이나 10년은 더 걸릴 거라고들 했다. 그 시간을 당길 수 있는 방법은 없다는 걸 알고 있었기에 나는 인터뷰나 강연, 그리고 다음 프로젝트에 집중하려고 노력했다.

마이트라 박사님은 최근 한 인터뷰에서 내가 생체의학 분야에 계속 남아 있기를 바란다고 말씀하셨다. 다음 프로젝트가 나를 어디로 이끌진 모르겠지만, 박사님의 실험실에서 출발한 것은 큰 행운인 것 같다. 박사님은 운에 맡기는 심정으로 내게 기회를 준 날을 후회하지 않으신다. 난 그 사실이 자랑스럽다.

미셸 오바마의 초대로
백악관에 방문하다

2학년이 반 정도 지난 2013년 2월 11일, 나는 다음 날 런던에서 있을 강연을 준비하며 짐을 싸고 있었다. 아빠는 아래층에서 고지서들을 처리하고 계셨다. 전화벨이 울리더니 뒤이어 아빠 목소리가 들렸다.

"잭, 잭, 잠깐 내려와 봐. 방금 백악관에서 전화가 왔어."

"백악관이요?"

'오오! 형이 드디어 사고를 쳤구나.' 이번엔 형의 실험이 FBI의 경고 편지를 받는 수준에서 나아가 드디어 대통령에게까지 경고를 받게 된 것이라고 생각하며 계단을 뛰어 내려갔다.

"국정 연설에 널 영부인의 손님으로 초대하고 싶다는데."

난 혼란스러웠다. '미셸 오바마 Michelle Obama 가 날 손님으로? 아는 사이도 아닌데?'

"왜요?"

"잭." 아빠는 그것도 모르느냐는 듯 이렇게 말씀하셨다. "왜긴 왜야, 네가 올린 성과를 축하해 주려는 거지."

"말도 안 돼! 만세! 만세! 만세!"

나는 부엌을 이리저리 뛰어다녔고, 양말을 신은 채라 나무 바닥 위에서 쭉쭉 미끄러졌다.

"언제 가요?"

내가 흥분해서 난리를 치는 동안 참을성 있게 지켜보며 서 있던 아빠는 빙긋 웃으셨다.

"잭, 내일이야."

다음 날 오후 엄마와 아빠, 그리고 나는 스테이션왜건에 우르르 몰려 타고 우리나라 수도를 향해 80킬로미터의 여정을 시작했다.

두 명만 더 데리고 갈 수 있었기에 형은 집에 남아야 했다. 그건 어디까지나 부모님의 결정이었다. _{미안해, 형!}

차를 타고 가는 동안 아빠는 나와 엄마를 참아 내야 했다. 먼저 엄마가 심하게 흥분했고, 그러다가 엄마의 흥분이 내게 전염되었다. 우리 두 사람은 넘치는 흥분을 주체하지 못해 서로 비명을 지르듯 말을 주고받았고, 비명은 곧 꽥꽥거리는 고성이 되었다. 무척이나 현실적인 아빠는 신경쇠약에 걸리기 직전까지 가셨다.

워싱턴에 도착하자 우리는 주차장을 찾아 차를 세운 다음, 세 블록을 걸어서 우리의 목적지인 펜실베이니아 애비뉴까지 갔다. 정문에서 시커먼 양복을 입은 한 무리의 남자들이 우리를 맞아 주었는데, 그들 중 몇 명은 엄청나게 큰 무기를 들고 있었다. 그 어떤 것에도, 그 누구에게도 기죽는 법이 없는 엄마가 우리 가족을 대표하여 앞으로 나가셨다.

"이 아이는 잭 안드라카예요. 미셸 오바마 여사의 손님으로 초대받았어요." 엄마는 의기양양하게 말씀하셨다. "그리고 우린 잭이 데려온 손님들이고요."

보안 요원들이 나를 내려다보았다. 나는 미소 지으며 위협적이지 않게 보이려고 노력했다. 부모님이 어떤 서식을 작성하고 나자 양복을 입은 또 다른 사람들이 우리를 데리고 잔디밭을 가로질러 백악관 안으로 들어갔다. 삼촌 덕분에 내가 이곳까지 왔다는 사실을 알면 테드 삼촌은 분명 아주 재미있어하셨을 것이다.

백악관에서
한 컷!

　문이 열리고 널찍한 식당으로 들어갔다. 우리는 다른 귀빈들과
어울려 이리저리 돌아다녔다. 그곳에서 나는 애플Apple의 최고 경
영자인 팀 쿡Tim Cook을 만났다. 한눈에 그를 알아보고 다가가서 내
소개를 했다. 그는 아주 편안한 사람이었고, 내 얘기를 듣더니 자
신의 친한 친구도 췌장암으로 세상을 떠났다고 말했다. 나중에야
그 친구가 바로 스티브 잡스라는 걸 알았다.
　나는 백악관의 물건에 손을 대지 않으려고 애썼다. 실험실에서 내가 재채기를 하거나 넘어지기라도 하면 눈 깜짝할 새에 물건들이 바닥으로 우르르 떨어질 수 있다는 걸 배웠기 때문이다. 나는 각각 파란색, 빨간색, 흰색으로 칠해진 거대한 방들 사이를 오가며 시간을 보냈다. 벽에는 분명 내가 알아야 마땅할 인물들의 멋진 초상화가 걸려 있었다. 하지만 난 그들이 누군지 알 수 없었다. 내 주의를 사로잡은 것은 식당 안 이곳저곳을 돌아다니며 정말 맛있는 고기구이 꼬치를 나누어 주는 턱시도 차림의 남자들이었다. 난 그 음식에 흠뻑 빠졌다. 턱시도 남자에게서 두 번째 접시를 받기가 민망해서 일부러 다른 음식들도 같이 받았다. 이런 식으로 꼬치를 일곱 개까지 먹을 수 있었다.

두 시간이 지나고, 한 백악관 관리가 따로 떨어진 어떤 방으로 우리를 데려갔다. 그곳에서 우리는 줄을 서서 차례로 미셸 오바마를 만나고 사진을 찍었다. 영부인은 아주 따뜻하고 친절한 분이었다. 모든 사람들을 안아 주셨고, 우리를 만난 것을 진심으로 기뻐하시는 듯했다. 내가 다가가자 보좌관이 영부인의 귓속에다 속삭이며 내가 누구인지 알려 주었다.

"만나서 정말 반갑다, 잭." 영부인이 말씀하셨다.

"초대해 주셔서 고맙습니다."

영부인은 나를 꼭 안아 주셨다. 그녀의 어깨뼈가 느껴질 정도였다. 엄청나게 강한 분이었다.

"아니, 와 줘서 내가 고마워!"

왼쪽부터 미셸 오바마,
나, 질 바이든
그리고 부모님

우리는 함께 사진을 찍기 위해 포즈를 취했다. 부통령의 부인인 질 바이든Jill Biden도 함께했다. 영부인은 다시 한 번 우리에게 감사 인사를 하셨고, 우리는 방 밖으로 안내받아 나갔다. 몇 분 후 나는 오바마 대통령이 키우는 개 '보'를 만났다. 내가 머리를 쓰다듬자 녀석은 배를 긁어 달라는 듯 몸을 굴려 드러누웠다. 내 손에서 보의 냄새를 맡는다면 케이시가 질투할 것 같았다.

나중에 우리는 두 그룹으로 나뉘었다. 내빈들이 데려온 손님들은 백악관의 영화관에서 연설을 보고, 영부인이 초대한 내빈들은 국정 연설장으로 자리를 옮겨야 했다. 부모님에게 손을 흔들어 인사하는 와중에도 흥분으로 온몸이 떨렸다.

나를 포함한 내빈들이 국회의사당으로 가기 위해 차에 우르르 몰려 탔을 때, 오토바이를 탄 요원들이 도로를 차단하고 있는 것이 보였다.

"저것 좀 보세요." 계속 입을 다물고 있던 나는 드디어 침묵을 깨고 낯선 유명 인사들에게 한마디 던졌다. "우리를 위해서 차들을 막고 있어요."

모두가 고개를 돌려 나를 쳐다보았다.

"사실." 한 근엄한 목소리가 답했다. "우리를 위해서 도로를 차단하고 있는 게 아니야. 대통령을 위해서지."'흥 좀 깨지 마세요.'

짧은 거리를 달린 후 우리는 국회의사당 밖에 멈춰 섰고, 어떤 비밀 입구로 안내받아 들어갔다. 한 관리가 우리를 이끌고 계단을 올라가더니 각자가 앉을 자리를 그림으로 보여 주었다. 내 자리를 볼 차례가 되자 관리가 계단통 근처를 가리켰다. '나한테 딱 어울리는 자리네!'

사실 아무 자리라도 상관없었다. 어쨌든 연설 무대가 보였고, 그곳에 있다는 것만으로도 기뻤다. 대통령이 입장하자 그 어느 때보다 애국심이 불끈 솟아올랐다. 나는 일어나서 박수를 치며 대통령에게 환호를 보냈다. 국정 연설이 시작된 직후, 도서관 사서처럼 생긴 부드러운 목소리의 한 여자가 내 옆에 있는 계단에 앉았다.

"아줌마도 저처럼 별 볼 일 없는 사람인가 봐요."

나는 농담을 던졌다.

오바마 대통령에게 췌장암 진단법을 설명 중인 나

"그래." 그녀는 이렇게 답하며 밸러리라고 자신을 소개했다.

밸러리는 몇 년 동안 백악관에서 일했다며, 이런저런 소소한 정보들을 알려 주고, 우리 앞에서 벌어지고 있는 장면들을 설명해 주었다.

"잘 봐. 서서 박수 치는 사람들은 전부 다 민주당원들이야. 앉아 있는 사람들은 공화당원들이고."

오바마 대통령이 과학과 의학 분야의 혁신에 대해 언급하실 때마다 나는 벌떡 일어나서 박수를 쳤다. 연설이 끝나자 나의 새 친구 밸러리가 따라오라며 나를 딴 방으로 데려갔다. 곧 오바마 대통령이 방으로 들어오셨다. 오래전부터 텔레비전 화면으로만 보던 사람이 바로 앞에 서 있는 걸 보니 기분이 묘했다. 대통령이 손을 내미셨고, 우리는 악수를 나누었다. 내가 만져 본 손 중에 가장 부드러웠다.

"네 출품작 주제가 뭐였니, 잭?" 대통령이 물으셨다.

자유세계의 지도자이신 그분에게는 더 중요한 일들이 많다는 걸 알기에 나는 출품작을 아주 간략하게 설명해 드렸다.

대통령은 놀라울 정도로 과학에 조예가 깊으셨다. 내가 나노튜브에 대해 설명하기 시작하자, 내 말을 막으시고는 이렇게 말씀하셨다.

"나노튜브가 뭔지는 나도 알아."

"네? 설마요!"

"안다니까." 그분은 싱긋 웃으면서 이렇게 말씀하셨다.

대통령과 얘기를 나눈 시간은 2분도 채 되지 않았지만, 영원히 잊지 못할 순간이었다.

며칠 후 텔레비전을 보고 있는데, 계단통에서 만났던 친구 밸러리의 얼굴이 화면에 스치듯 지나갔다. 국정 연설 내내 곁에서 그리도 다정하게 대해 주었던 아줌마가 세계에서 가장 강력한 사람들 가운데 한 명인 미국 대통령 수석 보좌관 밸러리 재럿 ^{Valerie Jarrett}이라는 사실을 그제야 비로소 알았다.

09

Breakthrough
How One Teen Innovator Is Changing the World

끝나지 않은
도전

나의 베스트 프렌드
클로이와 함께한 연구들

고등학교 2학년 생활이 계속되는 동안 다음 프로젝트에 착수하고 싶은 기분이 들었다. 중학교에 다닐 때 과학은 왕따와 자기 회의에서 도망치는 도피처였지만, 이젠 나이도 더 먹었고 자신감이 더 많이 생겼으니 그저 즐기기 위한 목적으로 새로운 뭔가에 도전하고 싶었다. 특히 예전부터 날 매료시켰던 기계인 라만 분광계의 비밀을 풀어 보고 싶었다.

라만 분광계는 무슨 물건이든 화학적 차원으로 분해할 수 있는 강력한 레이저 장치이다. 이는 곧 폭약에서부터 공해 물질까지 모든 것을 층층이 벗겨 낼 수 있다는 뜻이다. 하지만 극도로 섬세하고 소형차만큼 큰 데다 무려 10만 달러나 하기 때문에 이 놀라운 기술의 혜택을 누릴 수 있는 사람은 소수에 불과하다.

더 작고 덜 비싼 분광계를 만들면, 개울의 오염 물질을 감지하거나 비행기 수화물에서 무기를 발견하는 것 같은 일상적인 일에도 사용할 수 있지 않을까? 아홉 달을 연구한 끝에 마침내 큰 성과를 보았다. 라만 분광계의 거대 레이저 장치를 레이저 포인터와 액체질소 냉각 광검출기*로 바꾸고 아이폰 카메라를 달면 비

＊　분석 대상의 화학적 구조를 밝히는 데 사용되는 기계.

용을 15달러로 줄이고 스마트폰만 한 크기로 만들 수 있다는 사실을 알아낸 것이다. 내 분광계는 7,000배 싸고 1,250배 작은데, 그 효과는 기존 기계에 비해 결코 떨어지지 않았다! 이번 프로젝트에서는 공학기술 분야의 지식 습득이 선행되어야 했기에 췌장암 진단법을 연구할 때와는 많이 달랐다. 용어가 헷갈리기도 했다. 하지만 그 문제가 해결되자마자 일명 〈트라이코더: 실생활에 응용할 수 있는 기발한 라만 분광계〉라는 새로운 프로젝트가 완성되었다. 나는 앤 어런델 카운티 과학기술 경진대회에 이 작품을 출품하여 1등 상을 받았고, 애리조나 주 피닉스에서 열린 ISEF에 또 한 번 참가했다.

ISEF 대회장에 갔을 때 다른 참가자들에게 찬사를 받는 생소한 경험을 했다. 대회 내내 학생들이 끊임없이 나를 찾아와 같이 사진을 찍자고 했다. 우쭐한 기분이 들었지만, 그렇게 관심을 즐기느라 발표 연습을 충분히 하지 못했다. 그리고 이번 프로젝트가 전년도 것보다 못하다는 사실도 알고 있었다.

나는 이오너트 부디스티뉴의 출품작이 마음에 들었다. 루마니아에서 온 열아홉 살의 부디스티뉴는 인공지능을 이용한 4,000달러짜리 자율 주행 자동차를 만들어 우승을 거머쥐었다. 그 차에는 삼차원 입체 레이더와 카메라가 탑재되어 있어서, 차의 실시간 위치와 함께 차선과 갓돌을 감지할 수 있었다. 과연 우승할 만한 작품이었다. 나는 운 좋게도 두 개의 특별상을 받았다.

부디스티뉴가 고든 무어 상을 들고 무대에 서 있는 모습을 보고 있자니, 내 인생 최고의 순간에 얽힌 추억들이 되살아났다. 테드 삼촌이 돌아가신 지 3년, 내가 비명을 지르며 저 무대로 뛰어올라가 상을 받은 지 1년이 지났다는 사실이 믿기지 않았다.

삼촌의 말씀은 시간이 흐를수록 어떤 기념비처럼 내 머릿속에 박혀서, 내가 인생의 기로에 섰다고 느낄 때마다 길잡이 역할을 해 주었다. 게잡이를 위해 삼촌의 고물차가 우리 집 차도로 들어오는 모습을 상상하는 버릇은 이제 없어졌지만, 삼촌의 목소리만은 잊히지 않았다. 포기하고 싶은 순간이나 속상한 이메일을 받았을 때 삼촌이 격려해 주시는 소리가 들렸다. 테드 삼촌은 세상에 긍정적인 영향을 미침으로써 자신의 삶을 가치 있게 만드셨다. 나도 그런 인생을 살고 싶었다.

3학년의 어느 날, 클로이와 나는 볼티모어 항구를 거닐다가 바닷물에 떠서 깐닥거리고 있는 역겨운 물병들을 보고는 기겁했다. 이런 생각이 들었다. '물을 정화할 수 있는 물병을 만들면 어떨까?' 클로이와 나는 서로 의견을 주고받으며 계획을 짜기 시작했다.

"사람들이 몇 번이고 쓴 물병이어야 해. 요즘 시중에 나와 있는 것과는 전혀 다른 필터를 거기다 다는 거지." 클로이가 말했다.

"해로운 건 뭐든 잡아내는 바이오센서를 달아야 해." 내가 덧붙였다.

"가격이 저렴해야 해." 클로이가 말했다. "오염된 식수 때문에

소중한 친구 클로이와 함께

죽어 가고 있는 제3세계 사람들도 사용할 수 있어야 하니까."

클로이와 나는 훨씬 더 가까워졌다. 영화 〈아이언맨〉 시리즈를 함께 보면서 토니 스타크의 집에 있는 실험실과 다양한 기계장치들에 열광했다. 클로이는 엄청나게 똑똑한 아이였다. 우리 둘은 기묘한 과학 짝꿍이 되었다. 두 사람 다 과학계에서 소수자였다. 난 동성애자 아이, 클로이는 흑인 소녀였으니까.

우리는 곧장 필터를 만들기 시작했다. 정수병을 만들겠다는 우리의 목표를 달성하려면 마이크로 유체 구조물, 즉 물의 작은 부피 단위인 나노리터와 비슷한 유체의 부피를 다루는 장치를 만들어야 했다. 이를 위해 우리는 완전히 새로운 방식을 생각해 내고 우리만의 장비를 맞춤 제작했다. 여섯 달 동안의 조사, 시도, 착오, 고된 작업을 거친 후 화학 물질의 존재를 감지하는 마이크로 유체 바이오센서를 만들어 냈다.

이전의 경험들을 통해 나는 우리가 포기만 하지 않는다면 원하는 바를 이룰 수 있으리라고 생각했다. 우리는 함께 재활용 플라스틱 물병으로 필터를 만들어 냈다. 그리고 이 병들에 아미노산을 붙여, 수은이나 농약 같은 위험한 오염 물질들을 끌어당기는 자석 역할을 하게 했다.

우리가 만든 필터는 수중 오염 물질들을 빠르고 저렴하고 쉽게 측정할 수 있다. 이 여과 시스템은 해마다 수많은 사람들이 더러운 식수 때문에 목숨을 잃고 있는 제3세계에서 사용될 수 있고, 셰일 가스, 석유, 화학 물질 유출 등의 문제를 개선하는 용도로도 쓰일 수 있다. 클로이와 나는 우리 작품을 전국 최대 규모의 친환경 프로젝트 대회인 지멘스 위 캔 체인지 더 월드 챌린지 Siemens We Can Change The World Challenge 에 출품했다. 대회에 참가하는 학생들은 전 세계적으로 중요한 환경 문제를 하나 정해서 실용적이고 복제 가능한 해결책을 제시해야 한다. 클로이와 나는 1등을 차지했고, 장학금 5만 달러를 둘이서 나눠 가졌다. 최고의 친구이자 과학적 동료 클로이와 함께 우승을 거둔 기분은 최고였다.

요즘 나의 일상과
꼭 전하고 싶은 메시지

요즘도 돌아다니면서 강연을 하느라 학교에 못 나가는 날이 많다. 고든 무어 상을 받은 후 사람들에게 알려지고 주목받고 있는 상황이 대개는 기분 좋다. 가끔은 과학밖에 모르는 괴짜 십대 아이가 대통령과 교황까지 만났다는 사실이 아직도 이해가 되지 않을 때도 있다. 하지만 뭐니 뭐니 해도 가장 좋은 시간은 지하실에서 혼자 다음 프로젝트를 파고들 때이다.

어느 날은 3학년 고급 화학 수업을 듣다가 또 다른 아이디어가 떠올랐다. 평형에 대한 수업 내용이 하품 나도록 따분해서 나는 포토캐털리즘, 즉 빛을 이용하여 유기화학 물질을 분해하는 과정을 다룬 부분으로 넘어갔다. 그렇다면 우리 몸에 해로운 대기 중 오염 물질들을 분해하는 페인트를 만들어 낼 수 있지 않을까? 대부분의 사람들은 일과 중 약 90퍼센트의 시간을 실내에서 보내는데, 신선하지 않은 공기를 마시면 건강에 나쁠 수밖에 없다. 특히 천식 같은 호흡기 질환이 있다면 더욱더 그렇다. 이 프로젝트는 아직 진행 중이지만, 저렴하면서도 멋진 색깔을 내는 페인트를 만들고 싶다.

또한 내 췌장암 진단법을 응용하여 다른 질병들도 진단할 수 있도록 만들고 싶다. 대부분의 위중한 질병들은 발병 초기에 단백질이 나타나기 때문에 이를 생체 지표로 사용할 수 있다. 메소텔린 대신에 또 다른 표적 단백질에 대한 항체를 사용하면 된다. 내 검사법이 알츠하이머병, 에이즈, 혹은 심장병 같은 병들도 진단하여 의사들의 치료에 도움이 되었으면 좋겠다.

개조한 라만 분광계에 췌장암 진단 검사지를 결합시키는 방법도 생각해 보았다. 그러면 전화기만 한 크기의 작은 장치를 이용하여 가정에서 여러 질병들을 혼자 힘으로 검진할 수 있다. 의사들은 훨씬 더 빨리 문제를 파악할 것이고, 그만큼 병원에서 대기하는 시간도 훨씬 더 줄어들 것이다.

지금은 여러 질병들을 검진하는 방식에 있어서 놀라운 변화가 일어나고 있다. 초음파 검사를 하고 바늘로 찌르고 체온을 재는 대신, 혈액 속의 단백질에 집중하는 방식인 분자 진단으로 바뀌어 가고 있는 것이다. 이는 곧 아픔을 느끼거나 증세가 나타나기 전에 병들을 잡아낼 수 있다는 뜻이다.

요즘은 어디로 눈을 돌리나, 과학과 기술 전 분야에서 흥미진진한 일들이 벌어지고 있다. 염력, 즉 정신의 힘으로 물건을 움직일 수 있는 능력이 현실적으로도 가능하다는 사실을 알고 있는가? 미네소타 과학·공학 대학교의 학생 다섯 명이 뇌파기록이라는 신기술을 이용하여 자신들의 뇌파로 헬리콥터의 움직임을 조종해 냈다. 또한 팜 아일랜드가 두바이의 공학자들이 만든 야자수 모양의 인공 섬이라는 사실을 알고 있는가?

이렇게 도처에서 과학과 기술의 혁신적인 약진이 이루어지고 있는데, 왜 내 또래의 사람들이 좀 더 관심을 갖지 않는지 이해가 안 될 때도 있다. 초등학교 때를 떠올려 보면 반 아이들이 나만큼이나 과학을 좋아했던 것 같다. 손에 흙을 묻히고, 물건들을 분해하고, 세상이 돌아가는 이치를 깨닫는 것이 재미있었다. 수업 시간에 유충이 나비로 변하는 모습을 보고, 알카셀처*를 콜라에 집어넣으면 어떤 일이 벌어지는지 처음으로 배웠던 것도 기억난다.

하지만 많은 친구들이 변했다. 그들 중 다수가 과학에 대한 흥미를 잃어버렸다. 호기심도 사라져 버렸다. 심지어는 과학과 수학을 싫어하게 된 아이들까지 있다. 그 이유를 정확히는 모르겠다. 그냥 재미가 떨어졌거나 전화기나 비디오 게임으로 시간을 보내기가 더 편해서일지도 모른다.

하지만 난 희망을 버리지 않았다. 여러 행사들을 다니며 STEM 교육 개혁에 대해 얘기하는 데 많은 시간을 쏟아붓고 있다. STEM은 과학Science, 기술Technology, 공학Engineering, 수학Math을 의미한다. 지난여름에 오바마 대통령은 1만 8,000명의 저소득층 학생들에게 STEM을 배울 수 있는 기회를 주고 더 많은 학생들의 학습을 격려하기 위해 1만 명의 STEM 교사들을 훈련시키는 새로운 캠페인을 발표했다.

---

* 발포정 소화제 상표명.

ISEF 셔츠를 입고 있는 루크 형과 나

나는 학교의 교육 방식을 바꾸는 것에 대해 많은 아이디어를 가지고 있다. 그냥 앉아서 교과서를 외우기보다는, 내가 지하실에서 연구하는 것과 비슷한 방식의 교육이 되었으면 좋겠다. 매일 시행되고 있는 멋진 연구를 나이나 경제 형편에 상관없이 모두가 자유롭게 읽을 수 있었으면 좋겠다. 인터넷으로 논문들을 읽지 않았다면 제대로 된 연구를 할 수 없었을 텐데, 많은 논문들의 경우 비용을 치러야 했다. 그 논문들을 공짜로 읽을 수 있다면, 인도의 농촌에 사는 아이도 세상을 위해 놀라운 발견을 할 수 있는 기회를 나만큼이나 갖게 될 것이다.

오늘은 작업을 하려고 부엌 조리대에 앉아 있다. 하지만 쉽지 않다. 몇 시간 동안 집중을 할 수가 없었다. 가장 큰 문제는 버지니아 폴리테크닉 주립 대학교에서 공학을 공부하는 루크 형이 집으로 돌아온 것이다. 형은 자기가 만들고 있는 피자 얘기를 계속 떠들어 대고 있다. 집에서 와이파이가 터지는 곳은 부엌뿐이어서, 내가 이곳을 떠날 수 없다는 걸 형은 알고 있다.

마침내 형이 부엌에서 나갔지만, 이젠 거실에서 시끄러운 새소리를 내고 있다. 정말 짜증 나는 형이다.

형 말고도 신경 쓰이는 문제가 또 한 가지 있다. 런던의 한 회의에 참석하고 돌아오는 길에 지능로봇에 대한 영화인 〈월-E〉를 보았다. 그 영화를 보니 자연스레 이런 궁금증이 일었다. 아주 작고 똑똑한 로봇을 만들어서 우리의 혈액 속을 헤엄쳐 다니며 병을 치료할 수 있게 하면 어떨까?

그러려면 나노봇을 만들어야 한다. 나노로보틱스는 1미터의 10억 분의 1인 나노미터 크기의 아주 작은 로봇을 만드는 기술이다. 나는 나노로봇에 대해 배울 것이 많다. 인간의 순환계에 대해서도 모르는 것이 많지만, 도움이 되는 훌륭한 연구 사이트들을 알고 있다.

이 작은 로봇들이 제 역할을 하려면, 그냥 작기만 할 것이 아니라 순환계를 돌아다닐 수 있을 만큼 기민해야 한다. 유연성 있는 로봇을 만들면 어떨까? 어떻게 하면 만들 수 있을까? 좋은 생각이 있는 사람은 내게 알려 주길 바란다. 나는 다른 사람들의 연구 프로젝트를 듣는 것도 아주 좋아한다. 그동안 나는 내 연구에 매진할 것이다.

우리가 세상을 바꾸기 위해 할 수 있는 일은 뭘까? 여러분의 영감 어린 사진이나 행동을 트위터#*Breakthrough*에 나누어 주길 바란다.

감사의
말

이 책을 쓸 수 있도록 도와주신 멋진 분들이 아주 많다.

내 저작권 대리인인 마틴 문학·미디어 매니지먼트의 샬린 마틴과 클레리아 고어는 내 대리인 역할을 훌륭히 이행했을 뿐만 아니라 친구가 되어 주었다. 두 분 다 대단해요! 고맙습니다! 특히 내가 뉴욕 시에 머무는 동안 맛있는 음식들을 사 주셔서, 정말 고마워요.

매슈 리시아크는 내 원고 작업을 끈기 있게 도와주었다.

과학을 좋아하는 괴짜가 쓴 책이 다른 사람들에게 영감을 줄 수 있다고 믿어 준 출판사의 모든 분들에게 경탄할 따름이다!

내 편집자인 낸시 인텔리와 올리비아 스윔리는 이 책을 쓸 때 나를 이끌어 주고 더 깊이 파고들도록 격려해 주었다.

감탄스러운 전문가들에게 도움과 지지를 받지 못했다면 이 책은 나오지 못했을 것이다. 리사 샤키, 에밀리 브렌네르, 앤드리아 파펜하이머, 다이앤 노턴, 샌디 로스턴, 매슈 슈바이처, 줄리 엑스타인, 신디 해밀턴, 빅터 헨드릭슨, 로라 랩스, 그리고 법무 팀 모두에게 고마운 마음을 전하고 싶다.

내가 우리 집을 날려 버릴 뻔하거나 부엌에 이상한 세균을 퍼뜨리는 수많은 사고를 쳤는데도 날 죽이거나 소년원에 보내지 않아 준 엄마 제인 안드라카와 아빠 스티브 안드라카에게 감사드린다. 두 분은 최고의 부모님이세요. 정말 최고예요. 고맙습니다!

그리고 형이 위층으로 올라와 내 얼굴에 한 방 먹이기 전에 루크 형에게도 감사 인사를 하는 것이 좋겠다. 형은 정말 멋진 남자고, 내가 가장 절박했을 때 응원해 준 몇 안 되는 사람들 가운데 한 명이다. 형, 형은 내 최고의 친구야. 고마워!

● ●

부록
1

간단히 할 수 있는
재밌는 실험 10가지

공부는 스스로가 하는 것이다. 반드시 학교에서만 인생과 학식을 발전시킬 수 있는 것은 아니다. 여러분의 탐구 정신을 고취시키고자, 혼자 힘으로도 시도해 볼 만한 실험 10개를 여기에 실었다. 단, 안드라카 가족의 규칙을 꼭 지켜야 한다. 집을 날려 버리지 말 것! 그리고 이 실험들을 시작하기 전에 먼저 어른에게 허락을 받길 바란다.

● ●

실험 1.
환상적인 라바 램프

1960년대에 라바 램프가 유행했다. 물론 난 그 시대에 안 살아 봤으니 잘 모른다. 하지만 꼭 그 시대에 살지 않았더라도 이 실험은 재미있게 할 수 있을 것이다. 이 실험은 내가 좋아하는 두 가지, 탄산수소나트륨과 구연산의 위력을 흥미롭게 설명해 준다.

재료

- 커다란 유리 물병(2l)
- 식품 착색제(색깔이 다양할수록 좋다!)
- 알카셀처
- 식물성 기름
- 1960년대 록 음악(각자의 취향에 따라 선택)

> **주의!**
> 아주 중요한 문제이니 주의 깊게 읽어 주길 바란다. 유리병을 고를 때, 무슨 일이 있어도 가족 대대로 내려오는 골동품에 눈독 들여서는 안 된다. 절대! 그냥 부모님에게 부탁해서 얻는 것이 좋다.

순서

1 꽃병이나 유리병에 식물성 기름을 4분의 3 정도 채운다.
2 물 한 컵을 붓는다. 혹은 병의 윗부분에 2.5~5cm가 남을 때까지 물을 더한다.
3 식품 착색제를 병 크기에 따라 6~8방울 떨어뜨린다. 다양한 색깔을 사용하는 것이 좋지만, 양이나 색깔은 크게 상관없다. 물이 색을 띨 때까지 계속 떨어뜨린다.
4 알카셀처 정을 4등분하여 한 조각을 물에 떨어뜨린다.
5 이제 기다리시라…… 기다리시라…… 기다리시라…… 부글

부글 거품이 끓어오른다!

6 1960년대 록(각자의 취향대로)을 틀
어 그 시대로 돌아가 본다.

7 몇 분 후 거품이 가라앉기 시작하
면 알카셀처 4분의 1 조각을 얼른
보충해 준다.

8 자, 이제 창의성을 발휘할 시간이
다. 설탕이나 소금, 물고기 모양의
과자 등을 물에 넣어 어떤 반응이
일어나는지 지켜보자.

분석

이 실험은 탄산수소나트륨과 구연산(알카셀처의 주요 성분들)의 화학반응을 재미있
게 보여 준다.

알카셀처 조각이 물을 만나 녹기 시작하면, 모든 성분들이 한데 섞이고 이산화탄소
가 거품으로 방출되어 위로 떠오른다. 거품은 서로 섞이지 않는 기름과 착색된 물
을 혼합하는 역할을 한다.

이제 느긋하게 앉아서 라바 램프가 우리에게 거는 최면술에 빠지면 된다. 램프를
손안에서 이리저리 돌려, 유동체들이 젤리 모양으로 응고했다가 서로 다른 모양과
색깔로 갈라지는 모습을 감상한다.

우주의 경이로움에 대해 명상해 보자! 그리고 탄산수소나트륨의 경이로움에 대해
서도!

실험 2.
고무처럼 휘는 뼈다귀

내가 과학을 좋아하는 이유 중의 하나는 이를 이용해서 친구와 가족에게 놀라움과 충격을 선사할 수 있기 때문이다. 대부분의 마술 트릭들도 사실은 과학이다. 진짜 마술사를 보고 싶다면 세계 최고의 물리학자를 찾으면 된다. 이 실험에서는 과학의 위력을 이용하여 딱딱한 물건을 물렁하게 만들어 볼 것이다.

재료

- 커다란 유리병 1개
- 식초 1병
- 닭 다리 1개

순서

1 우선 닭고기 만찬을 벌인다. 닭 다리 하나를 집어 거기에 붙은 살을 다 먹는다. 나 같은 사람이라면 이쯤은 아무 문제 없을 것이다.

2 잔치를 끝내고 입가심을 한 후, 다리뼈를 물에 헹군다. 그런 다음 뼈를 살짝 휘어본다. 딱딱해서 휘지 않을 것이다.

3 뼈를 병 속에 넣고 거기에 식초를 붓는다. 병을 다 채울 필요는 없다. 뼈가 푹 잠기기만 하면 된다. 이제 뚜껑을 닫고 병을 선반 위에 올려놓은 다음, 사흘은 그냥 잊어버리자.

4 사흘이 지나면 뼈를 조심스럽게 병에서 꺼내어 물에 헹군다.

5 냄새를 극복했다면 이제 뼈의 촉감이 얼마나 달라졌는지 느껴 본다. 다시 한번 뼈다귀를 휘어 본다. 이번엔 고무처럼 휠 것이다.

분석

〈배트맨〉에서 조커가 염산 통에 빠져 얼굴이 녹는 장면을 기억할 것이다. 조커의 얼굴을 망쳐 놓은 액체처럼 식초도 산 성분을 띠고 있다. 산의 강도가 염산보다 약하긴 하지만, 기회만 주어지면 못지않게 큰 해를 끼칠 수도 있다.

닭 뼈(그리고 우리 인간의 뼈)가 단단한 이유는 칼슘 덕분이다. 칼슘은 모든 생물에게 필요한 놀라운 화학 요소로서 뼈, 치아, 달걀 및 조개껍데기의 무기질 침착(우리 세포가 무기물을 흡수하여 단단해지는 방식)에 사용된다.

하지만 약점이 없지는 않다. 칼슘의 경우엔 식초가 천적이다. 사흘 동안 유리병 안에서 식초는 닭 뼈에 들어 있는 칼슘을 제거해 버린다. 뼈에서 칼슘을 빼앗는 것은 마치 허수아비에서 막대기를 빼 버리는 것과 같다. 말랑한 뼈 조직만 남게 되고, 뼈를 단단하게 유지해 주는 것은 아무것도 남지 않는다. 달걀을 가지고도 이 실험을 할 수 있다. 이 경우에는 식초가 껍질을 완전히 녹여 버려 속이 다 비치는 달걀을 볼 수 있다!

> **주의!**
> 병뚜껑을 열 때 톡 쏘는 냄새가 심하게 날 것이다. 식초 때문이다. 몸에 해롭지는 않지만, 사흘 전에 먹은 닭고기를 토해 내고 싶어질지도 모른다.

실험 3.
달콤한 사탕 결정

닭고기 만찬을 마쳤으니, 이젠 디저트를 먹을 시간이다. 이 실험은 과포화 용액을 만든다는 핑계로 어마어마한 양의 설탕을 먹을 수 있는 완벽한 기회이다.

재료

- 빨래집게 혹은 끈
- 물 1컵
- 나무젓가락 2개
- 설탕 3컵
- 좁고 긴 유리컵
- 중간 크기의 얕은 냄비

순서

1 젓가락 하나를 유리컵 위에 얹어 놓는다. 빨래집게나 끈을 이용해서 다른 젓가락을 첫 번째 젓가락에 연결한다. 젓가락 2개 중 1개를 유리컵 속에 수직으로 늘어뜨리되 옆면이나 바닥에 닿지 않게 한다. 유리컵을 옆으로 치워 둔다.

2 중간 크기의 얕은 냄비에 물 한 컵을 붓고 가열한다. 물이 끓으면 설탕을 한 번에 4분의 1 컵씩 넣기 시작한다. 휘저으면서 설탕이 다 녹으면 더 넣는다. 설탕을 더하면 더할수록 녹이기가 점점 더 어려워질 것이다.

3 설탕을 다 넣었으면 불을 끈 뒤 주방 장갑을 끼고 냄비를 가스레인지에서 빼낸다. 그런 다음 냄비를 다른 곳으로 치워 20분 이상 식힌다.

4 냄비가 다 식으면 식품 착색제를 조금 넣는다. 물의 색깔이 시커멓게 될 때까지 넣어야 한다. 색깔이 조금 연해질 것이기 때문이다.

5 유리컵을 가져와 젓가락을 치운다. 설탕 액을 조심스럽게 컵 속에 붓되 끝까지 다 채우지는 않는다. 이제 나무젓가락들을 다시 잔에 얹고, 유리컵의 옆면을 건드리지 않은 채 용액 속에 수직으로 늘어뜨린다.

6 유리컵을 조용한 곳으로 가져가 아무도 건드리지 못하게 한다. 그대로 3~7일 정도 기다려야 한다.

7 기다리는 동안 살피는 건 괜찮지만 만져서는 안 된다. 설탕 결정이 점점 자라는 모습을 관찰하는 재미가 아주 쏠쏠하다.

8 나무젓가락을 따라 결정들이 형성되면 이제 젓가락을 유리컵에서 꺼내 사탕 결정을 먹으면 된다!

분석

이 실험은 설탕이 녹을 만큼 아주 뜨거운 물에서만 성립된다. 물이 식고 증발하면서 설탕의 작은 결정들이 젓가락이나 가끔은 유리컵을 덮어 버린다. 이 작은 씨 같은 결정들이 점점 더 커지기 시작한다.

결정이 자라는 것은 불안정한 과포화 용액에서(설탕의 양이 너무 많아서 액체 형태를 유지하기가 어렵다) 설탕이 침전이라는 방식으로 빠져나오기 때문이다. 그러고 나면 시간이 흐르고 물이 증발하면서 용액은 점점 더 포화 상태가 되고, 설탕 분자들은 계속 용액에서 빠져나와 젓가락에 붙게 된다. 사탕 결정은 분자가 하나씩 늘어나면서 크게 자라난다. 완성된 사탕에는 약 1,000조 개의 분자들이 붙어 있을 것이다.

사탕 결정은 가장 오래된 형태의 사탕이며, 원래는 약사들이 약을 만드는 데 사용했다. 만약 설탕을 많이 먹는다고 부모님이 잔소리를 하시면 이 사실을 알려 드려도 좋지 않을까.

주의!
설탕을 녹일 때는 불에 데지 않도록 조심해야 한다!

실험 4.
터지지 않는 초강력 비눗방울

〈오즈의 마법사〉에 등장하는 착한 마녀 글린다는 공중에 둥둥 뜨는 마법의 비눗방울을 타고 먼치킨랜드를 여기저기 돌아다닌다. 이 터지지 않는 초강력 비눗방울 뒤에 숨어 있는 마법을 과학으로 풀어 보자.

재료

- 주방용 세제 2스푼
- 증류수 1컵
- 면장갑
- 비눗방울 장난감(비눗물을 찍어 후후 불어서 방울을 만드는 작은 막대기)
- 옥수수 시럽 1스푼
- 재료를 섞을 큰 그릇

순서

1 증류수를 그릇에 붓는다.
2 세제 2스푼과 옥수수 시럽 1스푼을 더해서 잘 섞어 준다.
3 면장갑을 끼고, 마법의 막대기를 비누 혼합물에 살짝 담가 비눗방울을 불기 시작한다. 아주 큼직한 방울을 만들어야 한다.
4 이 방울은 평범한 비눗방울이 아니다. 장갑 긴 손으로 방울을 살짝 잡아서 위나 아래로 톡톡 쳐 보라. 방울이 통통 튀어 오른다!

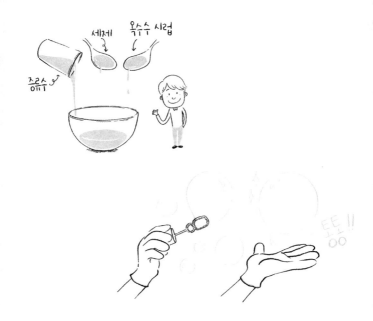

분석

보통의 비눗방울은 바깥 면의 비누 혼합물이 비누, 물, 그리고 또 비누, 이렇게 세 겹으로 이루어져 있다. 이런 비눗방울이 잘 터지는 이유는 시간이 지나면서 비누 사이의 물이 증발하고, 100만분의 1 인치만큼 얇은 비누 벽이 중력에 무너지기 때문이다. 또한 비눗방울이 다른 천적인 먼지와 기름에 닿으면, 물이 증발하기도 전에 터져 버리고 만다.

우리가 만든 초강력 비눗방울이 보통의 비눗방울이라면 터져 버릴 표면에 닿아도 잘 튕겨 나가는 이유는 옥수수 시럽이 또 한 겹을 감싸 벽을 더 두껍게 만들어 주기 때문이다. 이 두꺼운 벽은 물의 증발을 막아 비눗방울을 오래 유지시켜 준다. 실험 과정에서 장갑을 끼면 먼지나 기름이 방울에 닿는 것을 방지할 수 있다.

힌트!

이 실험은 공기 중에 수분이 많은 습한 날 가장 잘 된다. 수분이 비눗방울 벽을 잘 받쳐 주기 때문이다. 어떤 재료가 비눗방울의 탄력을 최고로 만들어 주는지 알아보는 실험도 재미있을 것이다. 무릎이나 모자로 튕겨 보기도 하고, 아니면 짜증 나는 형이나 누나의 머리에 튕겨 봐도 좋다.

실험 5.
지킬 박사와 우유 씨

따분하고 평범해 보이는 일상적인 사물들 속에 깊숙이 숨어 있는 폭발적 면모를 드러내 주는 것도 과학의 매력이다. 지킬 박사와 우유 씨 실험에서는 우리가 익히 잘 아는 시리얼의 친구에 한 가지 단순한 재료(주방 세제)를 더하여 놀라운 색채의 향연을 벌일 것이다. 이 또한 과학의 위력 덕분이다.

재료

- 크고 평평한 접시 1개
- 우유(전지유 또는 지방 함량 2% 우유)
- 면봉
- 주방용 세제
- 식품 착색제(빨간색, 노란색, 초록색, 파란색)

순서

1 우유를 접시의 바닥이 완전히 덮일 때까지 만 붓는다.
2 우유가 찰랑거리지 않고 안정될 때까지 기다린다.
3 접시 한가운데에 네 가지 색깔의 식품 착색제를 한 방울씩 떨어뜨린다(색깔의 순서는 상관없다).
4 세제 한 방울을 면봉 끝에 묻힌다. 그 끝을 우유 한가운데에 살짝 담근다. 20초 동안 담그고 있다가 멋진 색채의 향연을 구경한다.

분석

이 실험은 우유와 세제 간의 격렬한 충돌을 보여 준다. 우유에는 비타민, 무기질, 단백질, 그리고 (적어도 우리 실험에는) 가장 중요한 지방 방울들이 함유되어 있다.

『지킬 박사와 하이드 씨』를 읽어 봤다면, 이 이름들이 한 사람 안에 갇힌 양극단의 두 인격이라는 사실을 알 것이다. 세제도 비슷하게 '양극'의 특성을 지니고 있다. 한편으로는 친수성, 즉 물을 좋아하는 성질을 갖고 있다. 그래서 물속에 들어가면 곧바로 녹아 버린다.

하지만 세제는 하이드 씨 같은 면모도 갖고 있어서, 물을 끔찍이 싫어하기도 한다. 소수성, 즉 물을 두려워해서 물에 닿으면 기겁하며 우유의 지방에 필사적으로 매달린다. 아주 격렬하게 난리를 치면서. 이런 반응 덕분에 이 실험이 아주 멋지게 성공할 수 있는 것이다.

인명 구조원들은 물에 빠진 사람을 구하는 것이 위험하다는 이야기를 자주 한다. 물에 빠지면 아드레날린이 아주 많이 분출되기 때문에 그들에게 잡히면 수영을 아주 잘하는 사람이라도 꼼짝없이 같이 물에 빠지고 만다는 것이다.

이 실험에도 똑같은 원리가 적용된다. 세제는 물을 아주 두려워하기 때문에 지방을 한 조각이라도 발견하면 그것을 붙잡으려고 기를 쓰며, 한번 잡은 지방은 절대 놓아주지 않고 온갖 방향으로 뒤틀어 버린다. 식품 착색제는 이 격한 상호작용을 우리 눈으로 확인할 수 있게 해 준다.

몇 분 후, 세제가 우유와 고르게 뒤섞이면 격한 반응은 서서히 줄어들다가 마침내 멈춘다.

힌트!
세제를 묻힌 면봉을 우유의 한가운데가 아니라 다른 곳에 담그면 어떻게 되는지 실험해 보는 것도 좋다. 또한 전지유와 지방 함량 2% 우유를 사용할 때 나타나는 서로 다른 반응을 비교해 보는 것도 재미있을 것이다.

실험 6.
감자 배터리 시계

지금이 몇 시인지 꼭 알아야 하는데, 주위에 보이는 거라곤 감자밖에 없다면? 우리는 보통 감자를 치즈 버거나 피클과 함께 먹는 음식으로 생각하지만, 비상시에는 감자를 배터리로 사용할 수도 있다.

재료
- 10cm 길이의 두꺼운 구리선 2개
- 커다란 아연 도금 못 2개
- 전선 2개(집게 달린 것을 이용하면 편리하다)
- 신선한 감자 2개
- 1~2볼트 버튼형 배터리로 작동하는 단순한 발광다이오드(LED) 시계

순서
1 먼저, 시계에서 버튼형 배터리를 뺀다.
2 배터리 칸의 안쪽을 들여다보고 배터리가 연결되는 부분을 찾는다. 한쪽에는 +표시가, 반대편에는 −표시가 되어 있을 것이다. 바로 여기에 감자를 연결해야 한다.
3 감자 1개에 구리선의 한쪽 끝을 2.5cm 이상 찔러 넣는다. 이제 전선으로부터 최대한 멀리 떨어진 곳에 아연 도금 못을 찔러 넣는다. 전선과 못이 서로 닿지 않도록 하는 것이 좋다! 그 이유는 나중에 설명하겠다.
4 또 다른 감자로 3번의 과정을 반복한다. 이번에도 구리선과 못은 최대한 멀리 떨

어져 있어야 한다.

5 전선을 이용해서 첫 번째 감자의 구리선을 시계의 양극 부분에 연결한다.

6 또 다른 전선으로 두 번째 감자의 못을 시계의 음극 부분에 연결한다.

7 이번에는 첫 번째 감자의 아연 도금 못과 두 번째 감자의 구리선을 전선으로 연결한다.

8 짠! 이제 시계가 위대한 감자의 마법만으로 움직인다!

분석

축하한다! 여러분은 방금 전기화학 배터리를 만들어 냈다. 다시 말해, 감자의 힘을 이용하여 자발적인 전자이동을 일으킴으로써 화학 에너지를 전기 에너지로 바꾼 것이다.

감자의 녹말은 못의 아연과 구리선에서 나오는 힘 사이에서 완충재 역할을 한다. 감자의 즙은 구리선으로 전자를 이동시켜 에너지를 시계로 보내는 일을 돕는다. 감자가 신선하기만 하다면, 시계는 몇 개월 동안 감자만으로 돌아갈 수도 있다!

> **힌트!**
>
> 감자 안에서 아연과 구리가 닿으면 서로 반응을 일으키면서 약간의 열이 발생한다. 지금은 친구들이 감자 시계를 보고 낄낄거릴지 몰라도, 언젠가 세상에 큰 재앙이 닥쳐 배터리가 부족하게 되면 우리만이 시간을 알 수 있을 것이다. 그리고 그땐 이 놀라운 감자 시계를 비웃을 사람은 아무도 없을 것이다.

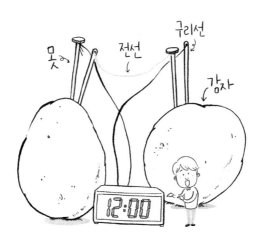

실험 7.
물을 빨아들이는 유리컵

간단한 가정용품을 이용하여, 물을 빨아들이는 진공청소기를 만들 수 있다.

재료

- 유리컵이나 깨끗한 유리 용기
- 도자기 접시
- 양초(유리컵 안에 들어갈 만한 크기)
- 식품 착색제
- 성냥
- 물

순서

1 접시에 바닥이 덮일 때까지 물을 붓는다.
2 물에 식품 착색제를 몇 방울 떨어뜨리고 색을 골고루 잘 섞는다.
3 양초를 접시 한가운데에 놓고 부모님에게 부탁하여 거기에 불을 붙인다.
4 몇 초 기다린 후 유리컵을 뒤집어 양초를 덮는다.
5 촛불이 꺼지면 어떤 일이 벌어지는지 지켜본다.

분석

컵으로 양초를 덮어 버리면 점점 산소가 희박해지면서 결국엔 촛불이 꺼진다. 양초는 타는 동안 유리컵 안의 공기를 가열하고, 가열된 공기는 팽창한다. 유리컵 바닥에서 거품이 일어나기까지 한다. 하지만 불이 꺼지면 공기가 식기 시작하고, 차가운 공기는 수축한다. 바로 이 수축이 접시의 물을 컵 속으로 끌어당긴다.

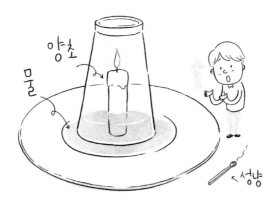

실험 8.
세균을 눈으로 볼 수 있는 방법

형이 구역질 나는 더러운 양말을 빨래 바구니가 아니라 엉뚱한 곳에 던져 버렸다. 그곳에서 음침하고 신비로운 뭔가가 자라고 있지는 않을까? 세균 배양 실험으로 이 의혹을 증명해 보자.

재료

- 한천배양기를 넣은 페트리 접시(한천배양기는 해초로 만든 젤리 같은 물질로 세균들이 잘 먹는다. 인터넷에서 저렴하게 구입할 수 있다. 한천 가루에 물이나 과일 주스를 부은 뒤 젤을 만들어 사용해도 된다.)
- 신문지 몇 장
- 면봉
- 구역질 날 정도로 더러운 표면

순서

1 면봉을 하나 쥐고, 조사가 필요한 표면을 찾는다. 난 항상 가장 더러운 곳을 선택한다. 면봉으로 그 표면을 부드럽게 몇 번 문지른다.

2 한천배양기 위에 더러운 면봉을 몇 번 문지른 다음, 뚜껑을 닫아 페트리 접시를 봉한다. 세균이 밖으로 나오길 바라지 않는다면 접시를 열지 않는 것이 좋다. 사용한 면봉은 꼭 버려야 한다.

한천배양기   더러운 면봉

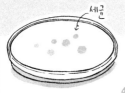
세균

3 페트리 접시가 안전하게 있을 수 있는 따뜻한 곳을 찾아, 그곳에 접시를 2~3일 둔다.

4 조금만 지나면, 눈에 보이지 않던 세균들이 맨눈으로도 보일 만큼 크게 자란다. 새로운 생명의 성장을 수없이 확인할 수 있을 것이다.

5 매일 관찰 일지를 쓰거나 사진을 찍어 두면 변화를 기억하는 데 도움이 된다.

6 표면을 바꾸어 가며 실험해도 좋다. 정말 무서운 결과를 보고 싶다면, 손톱 밑을 면봉으로 문질러 한번 실험해 보길 바란다. 지금까지 내 손에서 어떤 생물들이 무상 임대로 살고 있었는지 두 눈으로 목격한다면 기절할지도 모른다!

분석

자신의 집에 어떤 것이 살고 있는지 직접 목격했다면, 독극물 처리반이나 질병관리본부에 전화하고 싶은 충동이 들겠지만 참아야 한다. 적어도 아직은 안 된다.

한천배양기 접시와 따뜻한 기온만 있으면 세균이 자라기에 최적의 환경이 된다. 오래 지켜보면, 세균들은 무성생식을 통해 각각의 집단을 이룬다.

위생에 신경을 쓰긴 해야겠지만, 사실 세균은 어디에나 있다. 세균은 세포벽은 있지만 조직적인 세포핵은 없는 단세포 무생물에 속한다. 1g의 흙에는 일반적으로 약 4,000만 개의 세균 세포들이 들어 있다. 1㎖의 민물에는 보통 100만 개의 세균 세포가 포함되어 있다. 지구에는 적어도 5000^{10}개의 세균이 있는 것으로 추정된다. 이 말인즉슨, 세균이 없는 곳은 없다는 것이다!

기겁할 필요는 없다. 이 세균들이 우리에게 해를 끼치지 못하도록 우리의 면역 체계가 열심히 일하고 있으니까. 그렇다고 해서 마구 더럽게 하고 살아도 된다는 소리는 아니다.

주의!
실험이 끝나면 신문으로 페트리 접시를 꼼꼼하게 싸서 쓰레기통에 버려야 한다. 그리고 지금까지 키운 세균을 근처에 두고 싶지 않다면 접시 뚜껑은 절대 열지 마시길!

실험 9.
병 속의 비구름

형이나 동생이 한 시간 반 동안 거울 앞에 서서 머리를 만지더니 아주 완벽하게 말쑥한 모습이 되었다. 그 머리 위에 비구름이 몰려오면 좋겠다고 생각한 적은 없는가? 자, 이 실험을 한번 시도해 보길 바란다. 병 속에 진짜 비구름을 만들 수 있다!

재 료
- 스포츠 캡 뚜껑이 달린 플라스틱 물병
- 성냥
- 따뜻한 물

순 서
1. 따뜻한 물 8분의 1 컵을 플라스틱 물병에 붓는다.
2. 캡을 끼우되 뚜껑은 닫지 않는다. 부모님에게 부탁하여 성냥에 불을 붙였다가 금방 꺼서 병 위로 연기를 낸다. 거기에 병 주둥이를 대고 살짝 쥐었다가 풀어서 연기를 병 속으로 빨아들인다. 몇 번 더 병을 꽉 쥐었다가 캡을 닫는다.
3. 뚜껑을 닫은 병을 몇 번 꼭 쥐었다가 푼다.
4. 병을 꽉 쥐면 구름이 생기지 않지만, 풀면 구름이 나타난다.

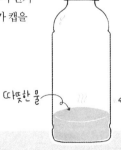

방금 불을 끈 성냥

따뜻한 물

분석

구름이 만들어지려면 물 분자, 구름 응결핵(먼지나 대기 오염 물질이 될 수도 있다), 기온이나 기압 변화이 세 가지만 있으면 된다. 그래서 추운 날 구름이 더 잘 형성되는 것이다.

힌트!
온수와 냉수를 쓸 때 구름이 어떻게 달라지는지 비교해 보는 것도 재미있다.

병을 꼭 쥐면 압력이 높아진다. 그러면 병 안의 온도가 올라간다. 그러다가 손에 힘을 풀면 압력이 낮아진다. 그러면 병 안의 기온이 떨어지고 물 분자들이 응축하여 연기 주위에서 함께 뭉친다. 이렇게 해서 병 안에 구름이 만들어진다.

실험 10.
회전하는 간이 모터

우리 안드라카 가문에는 오래전부터 내려오는 말이 있다. 세상에는 오직 두 유형의 사람만이 존재한다. 모터를 만드는 사람과 그렇지 않은 사람. 전설에 따르면, 우리 할아버지의 아버지의 아버지의 아버지인 아널드 안드라카가 망가진 마차 바퀴, 알카셀처 4분의 1 조각, 녹슨 옷걸이 3개, 도르래와 지레 등으로 만든 모터를 배에 달고 오대양을 항해하신 후로 그 격언이 대대로 전해지고 있다고 한다.

뭐, 사실은 내가 전부 지어 낸 얘기지만, 여기 아주 멋진 실험이 있다! 아널드 안드라카 할아버지라는 분이 정말 계신다면 전적으로 동의하실 것이다.

재료

* 구리선 90cm
* 자석 1개
* 안전핀 2개
* 절연테이프
* D 사이즈 건전지

순서

1 D 사이즈 건전지를 옆으로 눕힌다. 양쪽 끝에 안전핀을 끼운다. 잘 끼워지지 않으면 절연테이프를 사용해서 붙인다. 안전핀의 머리 부분은 건전지의 전극에 대고, 안전핀의 반대쪽 끝(고리 부분)은 위쪽으로 똑바로 세운다.
2 건전지 위에 자석을 놓는다.
3 구리선을 두어 번 감아서 원 모양으로 만들고, 선의 양쪽 끝이 서로 반대 방향을 가리키게 한다. 풀리지 않도록 마는 건 괜찮지만, 끝 부분은 조금 남겨 두어야 한다. 원은 작게 만드는 것이 좋다. 그래야 원이 자석과 서로 닿지 않는다.
4 구리선의 양쪽 끝을 안전핀의 고리에 각각 통과시킨다. 원이 자리를 잡고 나면

한번 눌러 준다. 그러면 구리선이 회전하기 시작한다.

분석

이 실험에서는 가정의 일상적인 기구들이나 연장들, 그리고 우리의 삶을 편하게 만들어 주는 많은 장치들에서 발견되는 모터를 간소하게 만들어 보았다. 과학자의 꿈을 품은 사람들에게 아주 좋은 실험이다. 기본 원리만 완전히 이해하면, 애완동물을 졸졸 쫓아다니는 데 사용할 수 있는 훨씬 더 복잡한 모터를 인터넷에서 찾아 만들 수도 있다.

주의!
얇은 전선을 사용할 경우 전류에 따라 극도로 뜨거워질 수도 있다.
각별히 조심하시길!

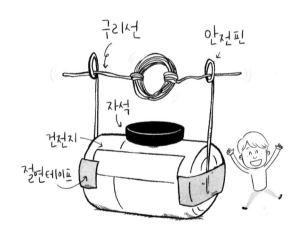

구리선
안전핀
자석
건전지
절연테이프

부록
2

테드 삼촌이 알려준
수학 풀잇법

아주 큰 수를
9로 빨리 나누는 방법

32,121을 9로 나눠 보자.

```
3 2 1 2 1 ÷ 9
  ↗ ↗ ↗ ↗
3 5 6 8      9
```

1   우선 피제수 아랫줄 2열에 피제수의 첫 숫자인 3을 적는다.
2   그 옆에 1번에서 적은 숫자 3과 피제수의 천의 자리 숫자 2를 더한 5를 적는다.
3   마찬가지로 2번에서 적은 숫자 5에 피제수의 백의 자리 숫자인 1을 더한 6을 적는다.
4   이런 식으로 끝까지 덧셈을 한다. 피제수의 마지막 숫자를 더할 때에는 그 답을 조금 더 옆쪽에 적어 두면 나머지를 계산하기 편하다.
5   마지막으로 계산된 값 9를 제수 9로 나누면 몫이 1이고, 나머지가 0이다(이 때의 나머지는 피제수를 제수로 나눈 나머지와 같다).
6   5번에서 구한 몫 1을 2열의 네 번째 자리 숫자 8에 더한 값이 전체 몫의 마지막 자리 숫자다.
7   즉 32,121을 9로 나눈 몫은 3,569이다.

이번에는 153,214를 9로 나누어 보자.

```
1 5 3 2 1 4 ÷ 9
  ↗ ↗ ↗ ↗ ↗
1 6 9 1112      16
```

1 2열에 피제수의 첫 숫자인 1을 적는다.

2 이후는 앞 문제의 계산과 같다. 1+5=6, 6+3=9, 9+2=11, 11+1=12을 순서대로 계산하여 2열에 적는다. 마지막 12+4=16인데, 이 답은 조금 더 옆쪽에 적어 둬야 나머지를 계산하기가 편하다는 것을 잊지 말자.

3 여기서는 두 자리 숫자가 나오기 때문에 오른쪽에서 왼쪽으로 계산해 보자.

4 2열 오른쪽 첫 번째 숫자 16을 9로 나누면 몫이 1, 나머지가 7이다. 이 나머지 7은 153,214를 9로 나눈 값의 나머지가 된다.

5 위에서 계산한 몫 1을 2열 오른쪽에서 두 번째 숫자인 12에 더하면 13이 나온다. 이 13에서 일의 자리 숫자 3이 153,214를 9로 나눈 몫의 일의 자리 숫자다. 십의 자리 숫자 1은 2열 오른쪽에서 세 번째 숫자로 넘긴다.

6 이번엔 2열 오른쪽에서 세 번째 수인 11에 앞에서 넘기기로 한 숫자 1을 더한다. 11+1=12. 이때, 5번의 과정과 마찬가지로 153,214을 9로 나눈 몫의 십의 자리는 2가 되고, 1은 2열 오른쪽에서 네 번째 자리로 넘어간다.

7 2열 오른쪽에서 네 번째 자리 숫자 9에 6번에서 넘기기로 한 숫자 1을 더한다. 9+1=10. 즉, 153,214를 9로 나눈 몫의 백의 자리는 0이 되고, 1은 2열 오른쪽에서 다섯 번째 자리에 더해진다.

8 2열 오른쪽에서 다섯 번째 자리 숫자 6에 7번에서 넘기기로 한 숫자 1을 더한다. 6+1=7. 즉, 153,214를 9로 나눈 몫의 천의 자리는 7이 된다. 그리고 앞의 자리로 넘길 숫자가 없으므로 2열의 오른쪽에서 여섯 번째 자리 숫자 1은 그대로 153,214를 9로 나눈 몫의 만의 자리가 된다.

9 이렇게 해서 153,214를 9로 나눈 최종 정답은 몫 17,023에 나머지 7이 된다.

10배수를 활용한 제곱수 계산법

어떤 숫자를 제곱하는 아주 쉬운 방법이 있다.

1 우선, 제곱하고 싶은 숫자를 생각한 다음 가장 가까운 10의 배수로 반올림한다. 예를 들어 27을 제곱하려면, 30으로 반올림해야 한다.

2 27을 30으로 반올림하려면 27에 3을 더해야 한다.

3 반올림하는 데 더한 숫자를 원래 숫자에서 뺀다. 이 경우엔 27 − 3=24가 될 것이다.

4 24에 30을 곱한 다음 3^2(3×3=9)을 더한다. 3은 27을 30으로 반올림하는 데 더해진 숫자이다(30×24는 3×24를 계산한 다음 끝에 0만 붙이면 된다. 10을 곱하는 건 아주 쉽기 때문에 이 계산법이 훨씬 더 빠르다).

5 30×24는 720, 여기에 3^2을 더하면 729가 나온다. 즉, 우리가 구하는 정답은 729다.

이 법칙의 원리는 다음과 같다. 숫자 x를 제곱하려면 그 숫자와 가장 가까운 10배수로 반올림하고, $x + r$로 표시한다. 이제 x에서 r을 뺀다($x − r$). 그다음엔 $(x + r) \times (x − r)$에 r^2을 더한다. 몇 자리 숫자든 이 법칙은 항상 통한다.

$(x + r) \times (x − r) + r^2 = x^2 − rx + rx − r^2 + r^2 = x^2$

지식에의
자유로운 접근에 대하여

정보 공유의 중요성

내가 연구를 하면서 겪었던 가장 큰 어려움 중의 하나는 다른 연구자들이 이미 제공한 정보를 쉽게 구할 수 없다는 점이었다. 과학 논문의 90퍼센트는 유료 서비스로 단단히 묶여 있고, 연재되는 논문들을 보려면 잡지마다 수천 달러는 써야 한다. 지식은 상품이 되어서는 안 되며, 과학은 사치품이 되어서는 안 된다. 지식에 접근하는 권리는 기본적인 인권이 되어야 한다.

과학이나 다른 분야의 연구 논문들을 인터넷에서 무료로 볼 수 없다면, 우리 사회는 가장 자연스럽고 효율적인 방식으로 진화할 수 있는 기회를 놓치게 된다. 우리는 서로의 아이디어를 공유하고 이를 바탕으로 발전히야만 한다.

젊은 과학자들이 세계적인 문제들에 대한 새롭고 창의적인 해결책을 내놓을 수 있으려면 정보가 자유롭게 흐를 수 있도록 싸워 나가야 한다. 이젠 이 벽을 허물 시간이 왔다.

다행히도 최근 과학기술 연구 성과에 대한 공정 접근 법안(Fair Access to Science and Technology Research Act, FASTR)이라는 초당파적인 법안이 나왔다. 납세자들이 자금을 대는 연구 논문들을 6개월 이내에 온라인에서 무료로 볼 수 있도록 조치하라는 내용을 담은 법안이다. 이 법안은 학생들이나 기성 연구자들이 필요한 논문을 참고하여 또 다른 혁신을 이루고, 과학적 진보를 가속화하고, 전 세계 사람들의 삶을 개선하는 데 도움이 될 것이다.

따돌림과 우울증, 성정체성 문제로
고민하는 친구들을 위한 조언*

정확성을 기하려고 노력하긴 했지만, 다음의 내용들은 어디까지나 정보를 전하기 위한 목적으로 수록한 것이다. 면허를 가진 전문가나 정신 건강 전문가의 조언을 대신할 수 없으며, 완벽하거나 철저하다고도 할 수 없다. 도움을 필요로 하는 십대들에게 손을 내밀고 있는 훌륭한 기관들 중 몇 군데도 함께 소개한다. 이 기관들은 나와 나의 이야기 혹은 이 책과 아무런 관계가 없음을 미리 알려 둔다.

★ 〈부록 4〉의 내용은 미국의 현황 및 통계 자료를 근거로 작성하였습니다.

왕따에 관하여

왕따와 관련된 사실들

따돌림에도 여러 종류가 있지만, 어느 것이든 용납될 순 없다. 왕따당하고 있는 사람을 본다면 그냥 넘겨서는 안 된다. 조사 결과에 따르면, 제삼자가 개입할 경우 왕따의 절반을 끝낼 수 있다.

- 육체적 괴롭힘 누군가의 몸이나 소유물에 해를 입히는 것이다. 주먹질이나 발길질 같은 직접적인 공격뿐만 아니라, 침을 뱉고 발을 걸어 넘어뜨리고 물건을 망가뜨리는 행위도 여기에 속한다.

- 언어적 공격 말이나 글을 통해 이루어진다. 욕설, 협박, 조롱, 모욕적인 말 등이 모두 포함된다. 부적절한 성적인 발언도 여기에 속한다.

- 사회적 왕따 보통 간접적으로 이루어진다. 소문을 퍼뜨리고 따돌리고, 사람들 앞에서 창피를 주고, 혹은 욕설이 담긴 이메일을 보낸다.

- 사이버 왕따 온라인이나 전자 기기를 통해 이루어진다. 전화로 상처가 되는 말을 하거나 문자메시지, 이메일, 반갑지 않은 사진, 영상, 혹은 웹 사이트 링크를 보낸다.

대처법

왕따를 당하고 있다면 어떻게 해야 할까? 지금의 내가 중학교 때의 잭에게 조언해 주고 싶은 방법들이 있다.

- 부모님에게 알려라 되돌아보면, 좀 더 일찍 부모님에게 알릴걸 하는 생각이 든다. 그랬다면 훨씬 덜 고통스러웠을 것이다. 인생을 통째로 날려 버렸으면 좋겠

다 싶은 마음이 들 정도로 괴롭다면 자존심은 버리고 도움을 청해야 한다. 이런 대화를 하기에 최적의 시간 같은 건 없다. 결코 쉬운 대화가 될 수 없다. 그 저 한눈팔지 않고 오롯이 대화에만 집중할 수 있는 곳을 찾아라. 부모님은 우리 가 괴로워하는 모습이 아니라, 성장하고 행복해하는 모습을 보고 싶어 하신다. 상황이 정말 심각해질 경우, 우리를 부정적인 환경에서 구해 주고 좀 더 긍정적 인 환경에서 행복을 추구할 수 있도록 해 줄 수 있는 유일한 사람이 바로 부모님 이다.

- 소셜 미디어의 사용을 조절하라　많은 부모님들이 자녀에게 컴퓨터나 스마트폰 에 매달리지 말라고 잔소리를 하시지만 그리 현실적인 훈계는 아니다. 젊은 사 람에게 소셜 미디어를 끊으라는 건 인간관계를 끊으라는 소리나 마찬가지이기 때문이다. 페이스북의 프로필을 삭제하고 싶은 마음이 없다면, 적어도 개인 설 정을 바꾸어 프로필을 볼 수 있는 사람을 통제해야 한다. 이 방법도 안 통한다면, 프로필을 휴면 상태로 만들고 나중에 계정을 다시 살리는 것이 좋다.
  트위터는 사정이 다르다. 트위터로 누군가에게 괴롭힘을 당하고 있다면 멘션이 나 리트윗을 막을 방법이 없다. 그런 경우엔 계정을 완전히 삭제하는 수밖에 없 다. 트위터가 개인 사생활의 보호 수준을 높이기 전까지는 말이다.

- 아무것도 효과가 없다면 학교를 바꿔라　오늘날에는 훌륭한 대안 학교가 많아지 고 온라인 학교들이 신설되면서 수준 높은 배움의 기회가 점점 더 확대되고 있 다. 학교를 바꾸는 것이 문제의 회피는 아니다. 부정적인 환경에서 벗어나 긍정 적인 환경으로 옮겨 가겠다는 선택일 뿐이다. 여러분이 원하거나 기대한 답이 아닐지도 모르지만, 힘든 시기를 견뎌 내고 뭔가 특별한 성취를 이루고 싶다면 틀에 박히지 않은 색다른 방법을 취해야 한다.

마지막으로, 선택의 여지가 없고 의지할 곳이 필요하다고 느낄 때마다 이 사실을 잊지 말길 바란다. 언제나 희망은 있다.

---

*　stopbullying.gov, www.stopbullying.gov/what-is-bullying/definition National Centre Against Bullying, www.ncab.org.au/parents/typesofbullying

LGBTQ에 관하여

LGBTQ는 레즈비언lesbian, 게이gay, 양성애자bisexual, 트랜스젠더transgender, 그리고 퀴어queer를 의미한다. 나 같은 십대 LGBTQ는 남들과 다르다는 이유로 자주 조롱과 괴롭힘을 당한다.

성정체성으로 인한 괴롭힘

- LGBTQ라고 밝힌 사람 10명 중 9명이 성적 경향 때문에 학교에서 괴롭힘을 당했다는 조사 결과가 있다.
- 그중 절반은 육체적인 괴롭힘을 당했고, 4분의 1은 육체적 폭행을 당했다.
- LGBTQ 학생들의 64퍼센트는 자신의 성적 경향 때문에 학교에서 불안감을 느끼고 있다. 44퍼센트는 성정체성을 들킬까 봐 불안해하고 있다.
- LGBTQ 학생들의 32퍼센트는 불안감 때문에 적어도 하루는 학교에 나가지 않았다.*

대책

- It Gets Better Project   이 프로젝트는 LGBTQ 젊은이들도 행복한 삶을 누릴 수 있음을 증명해 준다. www.itgetsbetter.org에서 LGBTQ 성인들과 전 세계 협력자들의 영상 및 자료들을 볼 수 있다.
- GLBT National Help Center   www.glbtnationalhelpcenter.org에서 나이에 상관없이 동료들로부터 조언, 지원, 자료 등을 얻을 수 있다.
- Trevor Project   13~24세의 LGBTQ 젊은이들을 위해 국가가 운영하는 위기 개입 및 자살 방지 기관이다. 웹 사이트인 www.thetrevorproject.org를 방문하면 도움을 받을 수 있다.

---

*   www.nobullying.com/lgbt-bullyng-statistics

자살 예방에
관하여

자살은 15~24세 젊은이들의 사망 원인 3위이다. 이는 곧 불치병보다 자살로 죽는 십대가 더 많다는 뜻이다(췌장암으로 죽는 사람보다 훨씬 더 많다). 평균적으로, 자살하는 십대는 25번가량 자살을 시도했다. 이 말은 적어도 25번은 도움을 받을 수 있었다는 얘기다.

자살을 생각하고 있다면 사람들과 대화를 나눠 보길 바란다. 부모님, 선생님, 아니면 믿을 수 있는 어른에게 얘기해야 한다. 그들은 여러분을 도울 것이고, 여러분이 그렇게 빨리 죽으려고 이 세상에 태어난 것이 아니라는 사실을 일깨워 줄 것이다.

이 사실만 기억하길 바란다. 여러분은 혼자가 아니다.

"난 천재가 아니다.
우연히도 나이가 십대인
과학자일 뿐이다!"

– 잭 안드라카

옮긴이 서강대학교 영어영문학과를 졸업하고 성균관대학교 사회교육원 전문번역가 양
이영아 성 과정을 이수했다. 현재 전문번역가로 활동하고 있다. 역서로는『도둑맞은 인생』
『히치콕과 사이코』『매직 토이숍』『느리게 읽기』『트리플 패키지』『최고의 공부』등
이 있다.

세 상 을 바 꾼 십 대,
잭 안드라카 이야기

1판 1쇄 발행 2015년 4월 30일
1판 4쇄 발행 2017년 2월 14일

지은이 잭 안드라카, 매슈 리시아크
옮긴이 이영아

발행인 양원석
본부장 김순미
편집장 김건희
교정교열 최고라
일러스트 문보경
해외저작권 황지현
제작 문태일
영업마케팅 최창규, 김용환, 이영인, 정주호, 박민범, 이선미, 이규진, 김보영

펴낸 곳 ㈜알에이치코리아
주소 서울시 금천구 가산디지털2로 53, 20층 (가산동, 한라시그마밸리)
편집문의 02-6443-8902   **구입문의** 02-6443-8838
홈페이지 http://rhk.co.kr
등록 2004년 1월 15일 제2-3726호

ISBN 978-89-255-5586-7 (43840)